KB102208

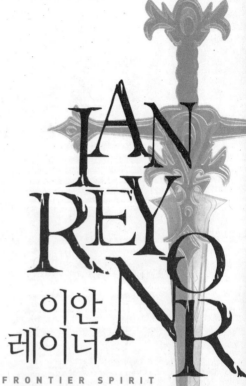

IAN REYNOR

이안
레이너

FANTASY FRONTIER SPIRIT

이휘 판타지 장편 소설

이안 레이너 5

이휘 판타지 장편 소설

초판 1쇄 찍은 날 § 2014년 4월 30일
초판 1쇄 펴낸 날 § 2014년 5월 12일

지은이 § 이휘
펴낸이 § 서경석

편집부장 § 권태완
편집책임 § 이효남

펴낸곳 § 도서출판 청어람
등록번호 § 제387-1999-000006호
등록일자 § 1999. 5. 31
어람번호 § 제1-1844호

주소 § 경기도 부천시 원미구 부일로 483번길 40 서경B/D 3F (우) 420-822
전화 § 032-656-4452 팩스 § 032-656-4453
http://www.chungeoram.com
E-mail § chungeorambook@daum.net

FANTASY FRONTIER SPIRIT

이휘 판타지 장편 소설

IAN REYNOR

이안
레이너

5

청
람
도서출판

CONTENTS

1장

한꺼번에 덤벼

슬로터 백작을 향해 쇄도해 들어가는 이안의 기세가 사뭇 매서웠다. 공간의 묘를 깨달은 이후 자신만의 공간에서 적을 묶어두는 방법이 고스란히 녹아든 검세가 슬로터 백작의 전신을 노리고 폭풍처럼 밀려들었다.

"이크!"

슬로터 백작은 상대가 나이가 어리다고 하여 잠깐 방심한 대가를 톡톡히 치러야 했다. 수십 개가 넘는 검의 환영이 눈을 어지럽히고 실제와 허상이 구분되지 않는 검세가 매섭게 파고들었기 때문이었다.

파파팟! 휘이익!

뒤로 계속해서 밀려나며 검세를 막기 위해 사력을 다해야
했다. 한번 기세를 제압당하니 그것을 역전하는 것은 그리 녹
록한 일이 아니었다.

'이거 어린놈이라고 얕잡아 봤다가 꼴이 우습게 됐군.'

지금 슬로터 백작의 싸움을 지켜보고 있는 사람의 눈은 헤
아릴 수 없이 많았다. 그중에서도 특히 신경 써야 할 사람이
바로 자신을 이곳으로 부른 장본인 번스타인 공작이었다.

"흐랏! 받아라!"

슬로터 백작은 이안의 살기등등한 검세를 받아내며 모든
힘을 집중하여 역으로 강하게 오러를 뿌려냈다. 이안이 만들
어낸 공간을 가르고 들어가는 거대한 기둥과 같은 오러의 검
이 세상을 다 부술 듯이 광폭하게 뻗어나갔다.

'재미없겠군.'

이안은 슬로터의 역공에 빠르게 발을 놀려 신형을 움직였
다. 강한 패검식에 맞섰다가는 오러의 강도가 상대적으로 약
한 자신에게 이로울 것이 없었다. 이럴 때는 빠른 움직임과
브레이브소드의 환검식의 묘용을 살리는 편이 더 나을 것이
었다.

'역시 오랜 시간을 마스터로 지내온 자의 실력이라는 건
가?'

중급의 마스터라고 하지만 초급을 갓 넘어선 이안과는 그 차이가 무척이나 컸다. 초반의 강력한 몰아치기로 우세를 점하는 것 같았지만 그 정도는 힘의 차이로 극복해내는 것을 보면 슬로터 백작의 검술 실력이 더 높다는 것은 불문가지의 일이었다.

"어디 더 몰아치지 그러나?"

슬로터 백작은 자신이 시전한 강력한 일격을 피해 분분히 물러서는 이안을 보며 이죽거렸다. 거센 검풍을 만들어내며 거칠게 오러가 실린 검세를 쳐내며 도발하는 것이 자신의 승리를 확신하는 듯한 모습이었다.

"어이쿠! 검세가 너무 무섭네. 크크크!"

이안은 그런 도발에 오히려 엄살을 떨며 좌우로 신형을 움직이며 피해냈다.

"크랏! 소드크래쉬!"

검과 하나가 되어 쏘아져 들어오는 슬로터 백작은 거대한 검의 형상이 되어 주변을 초토화시키며 날아왔다. 강력한 패검식으로 막아서는 적의 검을 그대로 부순다는 검식의 이름과 너무도 어울리는 공격이었다.

'워소드의 무게감이 더해지니 그 압박이 상당하군.'

문제는 오러의 질과 양도 있지만 보검이라고 불러야 할 슬로터 백작의 워소드에 있었다. 중병기인 워소드는 길이만 해도 2미터에 이를 정도로 길었고 무게는 40kg이 넘는다. 그런 중병기로 휘둘러대니 가벼운 롱소드를 애병으로 사용하는 이안은 검을 맞댈 수도 없었다.

후앙! 쎄에엑!

좌우를 스치듯 간신히 지나가는 워소드를 피해내며 이안은 빠른 발재간으로 반격의 기회를 노렸다.

"쥐새끼 같은 놈! 어디 이것도 피해봐라!"

계속해서 유효공격을 성공시키지 못한 슬로터 백작이 기세를 확장시키며 자신만의 공간에 이안을 가두려고 했다. 그리고 펼쳐지는 그의 검술은 이전의 강력한 패검식에 환검술의 묘용을 섞어 이안의 피할 공간까지 막아내는 검술이었다.

"블링크!"

이안은 최대한 뒤로 물러서며 슬로터 백작의 검술이 닿기 전에 블링크 마법을 펼쳤다.

"협!"

슬로터 백작은 자신의 공격이 그대로 지면을 강타하자 깜짝 놀랐다. 마법을 사용하여 자신의 공격을 피해낼 것이라고는 생각하지도 못한 듯했다.

"어디냐! 이잇!"

분노한 슬로터 백작은 이안을 찾아 기감으로 사방을 스캔했다. 그러자 그의 기감에 잡히는 마나의 파동에 이를 앙다물고 워소드를 앞세운 채 쇄도해 들어갔다.

"거기더냐! 죽어라!"

후앙! 쎄에에엑!

무지막지한 검술이 펼쳐지고 세상을 가를 기세로 워소드가 마나의 유동이 이루어진 곳으로 쏘아졌다.

"이, 이런!"

슬로터 백작의 검술이 떨어진 곳은 유성이라도 떨어진 듯이 작은 크리에이터가 생겨났다. 엄청난 오러의 폭발로 인해서 만들어진 그 파괴흔을 보는 슬로터 백작의 눈이 흔들렸다.

"트리플 파이어 블래스터!"

후웅! 화르르르륵!

슬로터가 당황했을 때 그의 머리 위쪽에서 터져 나온 낭랑한 음성은 수직으로 떨어져 내리는 이안으로부터 흘러나왔다.

"마, 마법!"

슬로터 백작은 이안의 블링크 마법이 아티팩트를 이용해서 펼친 것이라 여겼었다. 그래서 한번은 요행으로 빠져나갈 수 있어도 두 번은 없다는 자신감을 가지고 있었다. 그런데 공중으로부터 떨어져 내려오는 이안이 5클래스의 범위공격 마법을, 그것도 삼중첩으로 펼쳐낼 거라고는 생각조차 할 수 없었다.

"오러실드!"

다급해진 슬로터 백작은 어떻게든 마법을 막아야 하기에 오러로 신형을 보호하는 오러실드를 만들어냈다. 완전한 오러의 막으로 둘러싸인 그의 신형으로 떨어져 내리는 파이어 블래스터 마법이 강렬한 파괴음과 함께 폭발했다.

콰아앙! 콰쾅! 화르르르르르륵!

진동하는 오러실드가 금세라도 파괴될 것처럼 요동쳤다. 그러나 마스터가 만들어낸 오러실드가 그리 쉽게 파괴되지는 않았다.

"브레이브소드 12식 디스트로이어!"

후아앙! 쎄에에에엑!

브레이브소드의 마지막 초식인 디스트로이어는 다채로운 검술의 묘용이 담겨져 있는 그의 검술 중에서 패의 묘리를 극대화시킨 것으로 세상을 파괴시키겠다는 의지를 담아 그대로 펼쳐내는 것이었다. 그 검식이 떨어져 내리는 가속도까지 담은 채 더욱 강력한 힘을 동반한 채 슬로터 백작에게 퍼부어졌다.

"으득! 그랜드크로스!"

슬로터 백작은 감히 경시할 수 없는 힘이 실린 이안의 검술이 쏟아져 내리자 그가 펼칠 수 있는 마지막 구명절초를 허공을 향해 펼쳤다.

콰쾅! 콰드드드드둥!

롱소드와 워소드가 만들어낸 막대한 오러의 검들이 공중에서 충돌했다. 폭발하는 막대한 오러로 인해서 사방은 오러의 폭풍이 몰아치고 주변의 땅들은 쩍쩍 갈라지며 비명을 질러댔다.

"으음……."

"크읏!"

강약이 서로 다른 두 마디의 신음성이 흘러나왔다. 그러나 오러의 폭풍으로 인해서 만들어진 장막이 두 사람의 모습을 가려버렸기에 구경하는 사람들은 누가 더 크게 당한 것인지 알지 못했다. 그러다 오러의 폭풍이 가시고 드러난 두 사람의 모습은 그 신음성이 각기 누구의 것인지 알 수 있게 했다.

"오오! 이안 레이너 자작의 우세다!"

"슬로터 백작이 당하다니… 와아아아!"

"이, 이러다가 지는 거 아냐?"

"어쩌면 좋지… 슬로터 백작님이 지다니……."

구경하는 양측의 병사들은 서로의 이득을 쫓아 함성을 지르거나 망연자실한 음성을 내뱉었다.

"크흐윽… 우웩!"

주루루룩!

검붉은 죽은피가 슬로터 백작의 입을 통해서 쏟아져 나왔다. 심각한 내상을 입었음을 보여주는 그 모습에 반해 이안은 약간 창백해지기는 했지만 그 차이가 미미했다.

"계속하겠소?"

이안이 롱소드를 슬로터 백작에게 겨누며 물었다.

당당하게 두 다리로 지면을 밟고 선 이안의 늠름한 모습에 슬로터 백작은 고개를 저었다. 싸우려면 얼마든지 싸울 수는 있을 것이나 그렇게 했을 때 그가 얻을 수 있는 것은 동귀어진이 최고일 것이었다. 죽기 위해서 싸우는 것은 나라를 구하려고 할 때나 할 일이지 이런 귀족 간의 자존심 싸움에서 할 일은 아니었다.

"아닐세. 내가 졌네. 후욱… 후욱…….."

슬로터 백작이 워소드를 거두어들이며 하는 말에 이안도 짧게 목례를 한 후 롱소드를 도로 검집에 납검했다.

"좋은 승부였습니다. 그럼!"

"하아… 수고했네."

슬로터 백작이 간신히 몸을 지탱하며 걸음을 옮겨 자신이 처음 나왔던 곳으로 향했다. 금방이라도 쓰러질 것 같은 위태로운 걸음을 옮긴 그는 진영에 도달하자 그대로 쓰러지고 말았다. 정신을 잃은 것은 아니지만 체력과 마나가 모두 고갈되어 쓰러진 것일 뿐이었다.

"심사관!"

이안은 번스타인 공작가의 가신이자 이번 기사대전의 심사관을 맡은 자를 불렀다. 아니 불렀다기보다는 승부에 대한 결정을 내려달라고 압박하는 거였다.

"승자는 이안 레이너 자작입니다!"

심사관이 이안의 승리를 선언하자 구경하던 페드로이아 후작 측의 병사들이 우레와 같은 함성을 내질렀다.

"우와아아! 이안 레이너 자작님 만세!"

"우리가 이겼다! 와아아!"

병사들의 함성이 듣기 좋은지 페드로이아 후작은 만면에 흡족한 미소를 걸고 이안에게 엄지손가락을 추켜세웠다. 그에게 가볍게 고개를 숙인 이안은 다시 적진을 향해 시선을 돌리며 외쳤다.

"다음은 누가 나의 검을 받을 것인가!"

이안의 당당한 외침에 적진은 동요를 일으켰다. 이안과 맞서 싸울 수 있는 자라고 해봐야 슬로터 백작이 전부였는데 이미 그는 싸움에서 패했다. 남은 자들이라고 해봐야 최상급 익스퍼트가 고작이었으니 문제가 발생한 것이다.

"이, 이를 어찌하면 좋겠습니까, 쥬베인 후작 각하!"

쥬베인 후작의 가신들은 이안을 상대할 수 있는 능력자가 없는 것에 발을 동동 구르며 주군의 의견만 물었다.

"으음… 이안 레이너… 그를 상대할 자가 있나?"

"그것이… 없습니다, 각하!"

가신들의 대답에 쥬베인 후작은 입술을 지그시 깨물었다. 이번 영지전도 자신이 속한 세력의 명으로 이루어진 것이었다. 그들의 지원을 받았고 번스타인 공작가의 도움까지 얻어 낸 상황이었기에 무조건 승리할 거라 여겼던 싸움이었다. 그러던 것이 두 명의 마스터가 상대측에 나타나면서 일그러져 버렸다.

"하아… 대책은 없겠나?"

"그것이… 송구합니다, 각하!"

가신들은 지금으로서는 아무런 대책이 없음을 고하고 고개를 숙였다. 무조건적인 항복을 하고 막대한 배상금을 지불하는 것으로 끝내는 것이 정해진 수순이라는 것을 그들도 잘 알고 있었다.

"별 수 없지. 일단 질 때 지더라도 추한 모습은 보이지 말아야지. 대전을 계속하게."

"예, 각하!"

쥬베인 후작의 무거운 음성에 가신들은 고개를 숙인 후 물러났다. 그리고 다음 순서로 정해져 있던 기사가 이안의 앞으로 천천히 걸어 나왔다.

"쥬베인 후작가의 기사인 롬베르트 텔로스 남작이오."

"어서 오시오. 그럼 한 수 겨뤄봅시다."

"부탁드리겠습니다, 레이너 자작!"

텔로스 남작은 마스터인 이안과 겨룰 수 있다는 것에 모든 의미를 두는 듯했다. 적이라고 여기는 것이 아닌 자신의 역량을 모두 동원하여 검술을 겨루는 것이라 여겨서인지 두려움이나 기타 잡스런 감정이 느껴지지 않았다.

'괜찮은 기사로군.'

일반 기사들로서 마스터와 겨뤄본다는 것은 대단한 영광이라고 해야 할 것이었다. 정중하게 검을 들어 예를 갖춘 텔로스 남작이 자신의 모든 역량을 집중하여 검술을 펼쳐내기 시작했다.

쉬릿! 쎄에에엑!

날카로운 바람을 일으키며 날아드는 검세는 깔끔하고 안정적이었다. 조금이라도 더 빠르고 날카롭게, 그리고 강한 타격을 줄 수 있을지에 대해 오랜 세월을 고련한 흔적이 묻어나오는 그런 공세였다.

"하앗! 타핫!"

계속해서 기합을 터뜨리며 종으로 또 횡으로 검세가 이어졌다. 유려하게 이어지는 연환식으로 이안을 공격하지만 조금의 빈틈이라도 보일라치면 그 틈을 노리고 간단한 공세가 빠르고 날카롭게 툭툭 치고 들어왔다.

"헛! 이크!"

그럴 때마다 유려하게 이어지던 검술의 맥이 끊어지고 다시 이안을 공격하기 위해 필사적인 움직임을 만들어내야 했다.

"그만 하는 것이 어떻겠소? 이 정도면 충분하다고 생각하는데."

이안은 상대방을 죽이고 싶은 마음이 없었다. 언제라도 일검에 베어낼 수 있는 상대이지만 배려해주는 차원에서 그의 검술이 가지고 있는 약점을 살짝 건드려주었을 뿐이었다.

"하아… 배려 감사드리오. 내 패배를 인정하리다."

텔로스 남작이 검을 거두어들이며 패배를 인정한 후 고개를 숙여 정중하게 기사의 예를 취했다. 그리고 가볍게 고개를 끄덕인 이안을 뒤로한 채 자신의 진영으로 돌아가 버렸다.

'지겹군…….'

마스터였던 슬로터 백작과의 싸움은 검술로는 상대하기 어려웠을 정도로 흥미가 넘쳤다. 그러나 상급의 익스퍼트에 불과한 텔로스 남작을 상대로는 길어야 두세 번의 칼질이면 이겨낼 수 있었다.

당연히 흥미가 떨어지는 것은 어쩔 수 없는 상황이었고 남은 기사대전도 빨리 끝내고 싶은 마음이었다.

"나머지 대전은 남은 세 명의 기사를 모두 내보내시오. 마스터가 아닌 다음에는 시간 낭비일 뿐이니 말이오."

이안이 적진을 향해 그리 외쳤다. 얼핏 보면 기사를 모욕하는 듯한 발언일 수도 있지만 마스터이기에 당연하다는 듯이 받아들여졌다.

"괜찮겠습니까?"

심사관은 이안이 마스터임을 알지만 세 명의 기사를 동시에 상대하는 것이 괜찮을 것인지 염려했다.

"상관없소. 마스터를 상대하기 위해서는 상급 이상의 익스퍼트 10명이 동시에 달려들어야 함을 심사관도 알 거라 믿겠소."

이안의 말대로였다. 전장에서 상대 마스터를 잡기 위해서 동원하는 것이 특별히 엄선하여 방어에 특화되어 있는 기사들의 수가 10명이었다.

그것도 이겨내는 것이 아닌 마스터의 발목을 잡기 위해 동원되는 것이었고 차륜전으로 마스터의 힘을 빼내서 잡아내는 전술이 사용되는 것이었다.

"흐음… 쥬베인 후작가에서는 다음 상대를 모두 내보내도록 하시오."

심사관이 3명의 기사대전에 참가할 기사들을 모두 내보내라고 하자 쥬베인 후작은 한숨을 푹 내쉬더니 입을 열었다.

"하아… 우리 측의 패배를 인정하겠소. 나머지는 종전 협상을 통해서 이야기하도록 합시다."

너무나도 쉽게 패배를 인정하는 것은 아닌가 하는 생각은 들었지만 마스터를 상대로 하는 것이기에 그럴 수도 있다는 생각을 들게 만들었다.

"두 가문의 영지전은 쥬베인 후작가의 패배선언으로 페드로이아 후작가의 승리를 선언합니다. 이의가 있으면 지금 이야기하기를 바랍니다."

"없소."

"나 역시 없소."

활짝 웃고 있는 페드로이아 후작과 꼼수를 동원하여 승리할 것을 의심치 않았던 쥬베인 후작의 낙담한 얼굴이 지금의 상황을 대변해 주고 있었다.

"정말 대단한 한수였네."

카린 후작은 이안이 슬로터 백작을 물리칠 때 사용했던 그 한수의 강렬함을 떠올리며 손가락을 추켜세웠다. 자신이 슬로터 백작이었다고 해도 막아내지 못했을 것이라는 생각을 해서인지 마법과 함께 사용하는 검술의 강력함을 대단하게 생각했다.

"운이 좋았습니다. 후후!"

이안은 그저 운이 좋았다는 말로 카린 후작의 부담스러운 눈길을 회피했다.

"운이 아니지. 내 생전에 그렇게 강력한 한수는 처음 보았네. 블링크 마법으로 빠져나간 다음 마나의 유동을 슬쩍 다른 곳에 흘려 시선을 돌리고 공중에서 떨어져 내리며 가하는 패검술이라니. 캬아! 내가 마법만 할 줄 알아도 한번 해보는 건데 말이야."

카린 후작은 마치 자신이 이안이 되어 그 공격법을 펼쳐내기라도 하듯이 손을 이리저리 흔들며 흉내를 냈다.

"어떻게 흉내라도 내는 방법이 없겠나? 블링크를 사용하는 아티팩트도 있다고 하던데 말이야."

물론 카린 후작의 말대로 블링크를 사용할 수 있는 아티팩트가 있기는 했다. 하지만 그것은 마법으로 하는 것이 아니기 때문에 딜레이가 존재했다. 순간적으로 적의 공격을 피하고 적의 시선을 돌려야 하는 방법이기에 아티팩트로 사용하기에는 무리가 따랐다.

"마법을 직접 배우시기 전에는 어림도 없는 방법입니다. 그러니 검술을 더 연마하시는 것이 낫습니다."

"끄응… 그런가? 크크크!"

카린 후작은 이안이 정색을 하며 하는 말에 머쓱한 얼굴로 웃고 말았다.

"아참! 그런데 자네는 언제 돌아갈 생각인가? 현역 군인의 신분으로 타국에 있는 것은 문제가 생길지도 모르는 문제인데 말이야."

카린 후작의 말대로였다. 현역 군인이 나라의 허락도 받지 않은 채 타국에 넘어가 있는 것은 자칫 스파이로 오인을 받을 수도 있었고 그게 아니더라도 여러 가지 불미스런 입방아에 오르내릴 일이었다.

"문제가 생기면 생기라고 하지요. 내 영지민이 된 자들을 굶겨죽일 수는 없어서 한 행동을 가지고 뭐라고 하면 결투를 신청해서 베어버릴 생각입니다."

"크크! 자네는 참 화끈해서 좋아. 하지만 말이야… 세상만사가 무력만 가지고 있다고 해서 다 되는 것은 아닐세. 특히 정치적인 부분은 세 살배기 아이도 마스터를 죽일 수 있는 곳이거든."

카린 후작의 진심 어린 충고에 이안은 희미한 미소를 지으며 그의 말을 가슴속에 새겨 넣었다. 아무리 몰락한 귀족가문이라고 하더라도 오랜 전통이 살아 있는 레이너 가문에서 보고 자란 이안이기에 그 말을 무척이나 잘 알고 있었기 때문이었다.

똑똑!

"들어오게."

카린 후작은 이안과 대화를 나누는 응접실의 문에 노크 소리가 들리자 자세를 바로하며 들어오라 말했다. 그러자 문을 열고 들어온 사람은 카린 후작의 제자이자 페드로이아 후작가의 차남인 맥클레이 폰 페드로이아 남작이었다.

"마침 같이 계셨군요."

"저에게 볼 일이 있으셨습니까?"

"그렇습니다. 이번 영지전이야 종전 협상이 남아 있으니 뭐라 할 것은 아니지만 두 분께 해드릴 보상은 먼저 지급하라는 아버지의 명이 있으셨습니다."

이안에게 해줄 보상이라면 페드로이아 후작의 영지에 잠들어 있는 막대한 식량이었다. 이안이 가진 아공간 가방으로 옮길 수 있는 양은 그리 많지는 않겠지만 후작가의 상단이 옮겨줄 양까지 합하면 굶어야 할 영지민들의 배를 주릴 일은 없어질 것이었다.

"아버지의 명으로 레이너 자작님께 지급할 식량을 우선적으로 내어드릴 예정입니다. 같이 가서 확인하시죠."

식량을 내어준다는 말에 이안은 서둘러 자리에서 일어났다. 카린 후작과의 이야기를 하는 시간도 그리 즐거운 시간이 아니었던 탓도 있었고 한시 바삐 돌아가야 하는 상황이 마음을 바쁘게 만들었다.

"어서 가봅시다."

이안이 서둘러 먼저 나가자 그것을 만류하려고 했던 카린 후작도 어쩔 수 없이 따라나서야 했다.

"일단 말씀하신 마차 30대 분량의 밀입니다."

연병장으로 가자 병사들이 식량 창고에서 옮겨 온 밀포대가 산처럼 쌓여 있었다. 그중에 앞쪽에 따로 빼놓은 60톤 정도의 밀포대가 이안의 얼굴에 미소가 번지게 만들었다.

"저기……."

"네? 무슨 할 말씀이라도 있습니까?"

"예, 마법을 사용하시는 것은 알지만 저 많은 밀포대를 어떻게 옮길 생각인지 궁금해서 그럽니다."

맥클레이의 의문은 당연한 것이었다. 지금도 아티팩트로서 마법 가방은 제법 많은 편이었다. 그러나 가방 하나의 가격이 만 골드를 호가하는 엄청난 물건인데다 고위급 마도사가 만든 마법 가방에 넣을 수 있는 분량은 고작해야 마차 3대 분량에 불과했다.

"아! 그건 이걸로 가져갈 겁니다."

이안은 아공간 가방을 꺼냈다. 굳이 숨길 이유도 없는 물건이었고 이미 락토르의 왕실을 비롯한 여러 곳에서 아공간 가방에 대해서 알고 있는 상황이었다.

"그것은… 마법 가방입니까?"

"후후! 그것보다 훨씬 더 좋은 거죠. 아공간 오픈!"

후웅! 스팟!

이안의 명령에 순응하여 아공간이 열렸다. 검은 기류가 소용돌이치며 돌아가는 아공간의 입구가 쩍하고 입을 벌리자 카린 후작과 맥클레이 남작은 깜짝 놀랐다.

"이, 이건……."

"허어… 아공간 가방이라니… 도대체 이런 귀한 물건을 어디에서 구한 것인가?"

아공간은 7클래스의 마법사가 되어야 열 수 있는 차원의 공간이었다. 차원의 다른 좌표에 자신만의 공간을 만들고 그곳에 물건을 쌓아두는 방식인 것이다. 그러나 7클래스의 마법사가 만들 수 있는 아공간의 크기는 기껏해야 공간확장 마법을 건 마법 가방정도의 수준이었다.

"밀포대 입고!"

이안이 밀포대 위에 손을 대고 입고시키자 순식간에 밀포대가 아공간으로 빨려 들어갔다.

"와우! 정말 대단하군요."

인간인 이상 자신의 상상을 초월하는 물건을 보게 되면 욕심이 나기 마련이다. 카린 후작과 맥클레이 남작도 예외는 아니었지만 그저 부럽다는 눈빛으로 이안의 손에 들린 아공간 가방만 쳐다볼 뿐이었다.

후우웅! 스팟!

공간의 비틀린 틈에서 빠져나오는 이안은 울렁거리는 속을 참으며 주위를 살폈다. 페드로이아 후작가에서의 일을 마무리하고 요새로 돌아가는 길에 몇 가지 알아볼 것이 있어서 로크 제국의 서부 관문도시인 킨슬러 성으로 공간이동을 해온 것이었다.

"하아… 다행히 지키는 자는 없군."

지난번에 공간이동으로 왔을 때 미리 준비해 놓은 공간이어서 그런지 잘 보호되고 있었다. 이안은 그 공간을 다시 마법으로 효과적으로 숨겨놓고 은밀하게 빠져나왔다.

파파파팟! 휘이익!

몇 번의 도약으로 힘을 얻어 성벽을 뛰어넘은 이안은 킨슬러 성 안으로 들어섰다.

'노예상인들이 있는 구역이 어디에 있을까…….'

이안이 킨슬러 성에서 구하려는 것은 수인족이었다. 보통의 수인족은 산악지역이나 밀림 지역에 사는데 인간들이 그런 수인족을 잡아다가 노예로 팔고 있었다. 그 외에는 인간들의 지역에서 수인족을 보기란 하늘의 별 따기만큼이나 어려운 일이었다.

"자! 남부 리만 왕국에서 온 상급 전투노예의 경매를 시작하겠습니다."

이안이 찾아간 노예시장에서 제일 먼저 본 것은 남부 리만 왕국에서 온 전투 노예였다. 남부 지역은 오직 여름만이 존재하는 뜨거운 열대지역이었다. 그런 곳에서 온 노예인만큼 검은 피부에 머리카락 또한 검었다. 온몸의 근육이 탄력적으로 보였고 우락부락한 것이 아닌 매끈한 근육미를 자랑하는 노예였다.

"시작가는 50골드부터 시작합니다. 그럼 경매 들어갑니다!"

노예상인의 외침이 터지자 여기저기서 전투 노예를 사려는 부호들과 그들의 대리인들이 살짝살짝 손을 들어 가격을 올리기 시작했다.

"3번 손님께서 50골드… 11번 손님이 60골드 부르셨습니다. 앗! 7번 손님이 100골드를!"

상인은 연신 가격이 올라가는 것을 알리며 다른 손님들의 분발을 촉구했다. 그래서인지 상급의 전투노예는 120골드라는 꽤 많은 금액으로 낙찰되어졌다.

'상급의 전투노예가 120골드라…….'

상급의 전투노예는 기본적으로 익스퍼트급에 갓 입문한 기사급의 노예다. 그러니 기본적인 전투력이 필요로 하는 상단이나 가문의 보호가 시급한 이들이 사들이는 것이었다.

'내가 전투노예를 살 것은 아니니까…….'

이안은 수인족의 경매가 있는지 알아보기 위해 발걸음을 돌렸다. 그러나 이내 시선이 경매대 위로 올라가지 직전의 벌벌 떨고 있는 노예들의 모습으로 쏠렸다.

'으음…….'

불쌍하다는 생각을 하기 이전에 자신도 갈피를 잡을 수 없는 불쾌한 감정이 가슴 깊숙한 곳에서 불쑥 올라왔다. 자신의 가문에도 노예와 농노들이 존재했다.

평소에 그들을 보아왔던 탓에 무감각 해진 것이 노예라는 제도였는지도 모른다. 그러나 지금 이 자리에서 느껴지는 그 불쾌감은 꽤나 강렬하게 느껴졌다.

'저들 중에 원해서 노예가 된 자가 있을까?'

아무도 원해서 노예가 되는 자들은 없을 것이다. 강제로 잡혀왔다든가 혹은 살기가 어려워 부모가 판 아이들, 그것도 아니라면 주인이 내다 판 자들일 것이다.

차륵! 쫘악!

"윽! 아악!"

채찍이 휘둘러지는 소리와 그 채찍에 맞아 신음을 흘리는 작은 소녀의 음성에 이안은 눈살을 찌푸렸다. 작고 여린 소녀는 채찍에 맞으면서도 채찍을 휘두르는 노예상인의 눈을 독기 어린 시선으로 노려보고 있었다.

'어린아이가 대단하군.'

당장이라도 달려가서 채찍을 빼앗고 싶지만 그것은 해서는 안 될 일이었다. 노예의 소유주는 노예상인이었고 자신의 물건을 자기 마음대로 다루는 것이니 이안이 나설 명분이 없었다.

'가만… 저 아이의 귀가……..'

이안은 어린 소녀의 귀에 시선이 꽂혔다. 인간의 귀와는 조금 다른, 그러면서도 에일리의 귀와도 또 다른 형태의 귀였다.

'혼혈인가?'

뭔가 어울리지 않는 그림을 본 듯한 느낌이었다. 분명 느껴지는 기운은 인간과 흡사한데 귀가 살짝 어그러진 그런 모습인 것이다.

"수인족의 혼혈인가?"

이안이 다가가지 않고 소리를 높여 물었다. 그러자 채찍을 휘두르려고 하던 노예상인이 고개를 돌려 이안의 옷차림을 확인했다.

"아! 수인족의 쿼터입니다요, 나으리!"

이안이 입고 있는 것은 귀족들이 입는 고급 팔라멘툼이었다. 평민들도 축제가 있을 때는 투박한 천으로 만든 팔라멘툼을 입기는 하지만 이안이 입고 있는 고급스런 것과는 한눈에 파악이 가능할 정도로 저급한 것에 불과했다.

"흠… 노예의 인장이 찍혀 있는 것 같지는 않은데 말이야."

이안은 수인족 쿼터 소녀의 이마에 노예의 인장이 찍혀 있지 않은 것을 보고 그리 말했다. 그러자 노예상인은 두 손을 비비며 인위적인 미소를 얼굴에 건채 대답했다.

"하하! 이 정도의 미색이라면 나중에 제법 값어치가 나가는 물건입지요. 노예의 인장을 이마에 찍으면 그 가치가 하락하는 터라… 이렇게 양 발목에 종속구를 채워놓았습지요."

이안은 노예상인의 말 수인족 소녀의 발목을 쳐다보았다. 그의 말대로 족쇄라고 생각했던 강철로 된 것이 노예 종속구인 것으로 보였다.

"으윽……."

분노와 수치로 일그러진 눈빛으로 이안의 눈을 쳐다보는 소녀의 눈빛에서 뭔가 모를 갈망 같은 것이 느껴졌다. 그 눈빛을 보며 이안은 오랜 시간 혼자 살아왔던 에일리에게 동생을 만들어주는 것도 나쁘지 않겠다고 판단했다.

"저 아이를 내가 사고 싶은데 얼마면 되겠나?"

"예? 이걸 사신다굽쇼? 하하! 그렇다면……."

노예상인은 이안이 수인족 쿼터 노예를 사겠다고 하자 어린 소녀에게 욕정을 품은 젊은 귀족쯤으로 생각하고 얼른 상인의 모습을 드러냈다.

2장

수인죽이 그쪽에 많다고?

   노예상인으로서의 자질은 차고 넘치는지 수인족에 대한 것부터 줄줄 늘어놓는 상인은 단점은 최대한 숨기고 장점을 부각시키는 말로 이안의 구매 욕구를 자극시켰다.

   "아직은 어리다지만 나으리를 만족시키기에 충분한 나이이기도 합니다. 게다가 이 잘록한 허리와 풍만한 엉덩이를 보십시오. 한 이삼 년만 더 지나면 최고의 색노가 될 겁니다요. 흐흐흐!"

   손을 비벼대며 하는 말은 이안의 인상을 굳게 만들었다. 그래서 얼른 손을 들어 다음 말을 하려고 하는 노예상인의 입을 막았다.

"그래서 얼마라는 소리지?"

"네? 아… 흐흐흐! 200골드는 주셔야 합니다요. 수인족의 쿼터라지만 이년을 잡아오는데 꽤 많은 노력이 들어가서 말입니다."

"200골드라……."

이안은 노예상인이 터무니없이 많은 금액을 부르는 것은 아니라는 것을 알고 있었다. 상급의 전투노예가 120골드에 낙찰되는 것을 보았으니 어림짐작으로 가격을 유추한 것이었다. 수인족의 피가 흐르고 있다면 전투력은 기본적으로 상급의 전투노예에 준하게 올라갈 것이다. 그리고 색노로서의 기능성도 갖추고 있으니 그 두 배의 가격은 내야 할 터였다.

"여기 있다."

이안은 군소리 없이 주머니를 열어 플래티넘 골드 주화 두 개를 노예상인에게 건네주었다.

"흐흐! 화끈하시군요. 이제부터 이년은 나으리의 것입니다요. 노예의 인장은 어떻게 하시겠습니까? 원하시는 곳에 찍어드릴 수 있는데……."

화르륵!

이안의 손에서 구동어도 없이 파이어볼이 생성되었다. 그것을 본 노예상인은 깜짝 놀랐지만 그것이 무엇을 뜻하는 행동인지 금세 알아챘다.

"하하! 바로 데리고 가시겠습니까?"

"그렇게 하지. 이리로 데려오게."

"예, 데리고 와라!"

상단의 호위 무사가 쇠사슬로 묶인 소녀를 데리고 왔다. 원독에 찬 눈빛으로 이안을 노려보는 소녀는 결코 굴복하지 않겠다는 독기를 풀풀 흘려냈다.

"언락!"

후웅! 철컹!

소녀의 목과 다리를 묶고 있는 족쇄가 풀렸다. 노예상인과 호위 무사를 깜짝 놀랐지만 이미 거래가 끝난 마당이니 새로운 주인이 알아서 할 일이라 어깨만 으쓱거리며 물러섰다.

"이름이 무엇이냐?"

"으득!"

이를 앙다물며 노려보는 소녀는 대답을 하지 않았다. 자신은 노예가 아니고 너는 내 주인이 아니라고 항변하는 듯한 그 눈빛에 이안은 빙그레 미소를 지었다.

"나는 너를 노예로 부릴 생각이 없다."

"……."

노예로 부릴 생각이 없다는 말에 소녀의 눈이 커졌다. 그러나 그 이상의 반응은 보이지 않았다. 아직 이안을 믿을 수 없다는 것이 소녀의 지금 심경이리라.

"일단 나를 따라 가겠느냐? 여기서 너를 놔줘봤자 저들에게 다시 잡힐 것 같은데 말이야."

이안의 말에 소녀는 경계를 풀지 않은 얼굴로 고개만 한차례 끄덕였다.

이안이 노예 소녀를 사는 동안 락토르 왕국의 모처에서는 여러 사람이 모여 뭔가 이야기를 나누고 있었다. 그중에서 가장 도드라져 보이는 이가 바로 락토르의 재상인 다아크 공작과 그의 비호 아래 급속도로 영향력을 키우고 있는 시밀로프 후작이었다.

"그게 사실인가?"

"그렇습니다. 로크 제국의 지인이 알려온 소식입니다, 재상 각하!"

시밀로프 후작이 음흉한 미소와 함께 하는 말에 다아크 공작의 입꼬리가 살짝 말려 올라갔다.

"흐흐흐! 어린놈이 벼락출세를 하더니 세상 무서운 줄 모르고 설치는구먼. 안 그런가?"

"로크 제국의 두 후작의 영지전에 끼어들다니요. 지금이 어떤 시국입니까! 내전중인 상황입니다. 그런데 장군이라는 놈이 부대를 내팽개치고 타국의 영지전에 끼어들어요? 이는 절대 용서해서는 안 될 죄입니다."

"그렇지. 암! 그렇고말고."

다아크 공작은 이안을 자리에서 끌어내리고 마동포에 대한 것을 자신의 손아귀에 넣을 수 있는 계기가 마련되었다는 생각에 회심의 미소를 지었다.

"어떻게 하시겠습니까? 저대로 둬서는 안 될 거라 여기는데 말입니다."

시밀로프 후작이 다아크 공작을 계속해서 부추겼다. 이안 레이너가 부상할수록 가문의 숙원인 레이너가를 지우는 일은 지난해지기 때문에 다아크 공작의 손을 빌려서라도 처리하려는 것이었다.

"내 국방성장에게 정식으로 항의를 하도록 하지. 그리고 대전으로 소환하여 국왕전하의 손으로 처리되도록 만들 테니 두고 보게."

"아… 역시 재상 각하만 믿겠습니다. 흐흐흐!"

"허허허! 사람하고는……."

두 사람의 대화를 듣는 추종세력들은 왕국의 젊은 영웅이 이렇게 처리되는구나 하는 생각에 비릿한 조소를 머금었다.

휘적휘적 걸음을 옮기는 이안의 뒤를 소녀가 조심스럽게 따랐다. 만에 하나라도 놓치게 되면 다른 자들이 자신을 노예로 다시 잡아갈까 두려워 종종걸음으로 이안의 뒤를 바짝 따르며 주위를 살폈다.

"어서 오십시오, 나리!"

여관으로 들어가는 이안을 소녀는 경계했지만 이제 와서 혼자 도망간다는 것도 어려운 일이었다. 성곽으로 둘러싸인 곳이고 수많은 사람들이 자신만을 노리는 것 같은 기분에 사로잡혀 어쩔 수 없이 안으로 따라 들어가야 했다.

"식사를 하시겠습니까? 아니면 숙박을 하실는지요."

"둘 다 하지. 일단 여기 정식 두 개를 내오게."

"예, 4실버입니다."

정식은 어느 식당을 가던지 가장 잘하는 요리를 내오게 되어 있었다. 특별히 찾는 것이 없다면 정식을 먹는 것이 그 음식점의 정수를 맛보는 것이라 할 수 있었다.

"아참! 그리고 이 아이가 입을 수 있을 만한 옷을 사다주게. 여기!"

이안이 1골드짜리 동전을 던졌다. 락토르 왕국의 주화였지만 로크 제국에서도 통용되기에 여관 주인은 고개를 꾸벅이고 물러났다.

"앉거라."

이안이 나직하게 말하자 여전히 쭈뼛거리고 있는 소녀는 망설이다 어쩔 수 없다는 듯이 자리에 앉았다.

"나는 이안 레이너라고 한다. 락토르 왕국의 귀족이며 군인이지."

이안이 자신의 소개를 하자 소녀는 찬찬히 그의 눈빛을 살폈다. 너무나도 맑고 투명한 눈빛에는 한 점의 사심도 깃들지 않았다.

"…케이트예요."

자신의 이름을 조용히 말하는 케이트의 얼굴을 보며 이안은 활짝 웃어주었다. 자고로 웃는 얼굴에 침 못뱉는다는 말이 있듯이 나는 너의 적이 아니라고 표현하는 것에 웃는 것이 최고였다.

"후후! 좋은 이름이구나."

"고마워요."

케이트는 이안이 왜 자신에게 잘해주는 것인지 이해할 수 없었다.

"케이트, 너의 고향은 어디냐?"

"고향이요?"

"그래, 내가 너를 놔준다고 해도 돌아갈 고향이 멀다면 그것도 문제가 되지 않겠느냐."

"아……."

케이트의 얼굴이 시무룩해졌다. 고향은 남쪽으로 2달 정도를 내려가야 할 정도로 멀었기 때문이었다.

"남부 리만 왕국의 대수림이에요."

"대수림? 이런……."

대수림은 남부 리만 왕국과 로크 제국에 걸쳐 있는 거대한 수림지역을 말한다. 말이 수림이지 밀림이라고 해야 할 곳이었고 인간은 들어가서 살기 어려운 지역이기에 아직도 미개척 상태인 곳이 대부분일 정도로 극악한 환경을 지닌 곳이었다.

"혼자 그곳까지 갈 수 있겠느냐?"

이안의 물음에 케이트는 고개를 저었다. 노예에서 풀려났다고 하지만 지금 자신은 아무런 신분 증명도 가지고 있지 않았다. 리만 왕국의 수인족 쿼터 출신이라면 영지에서 영지를 넘어갈 때마다 잡히게 될 운명일 터였다.

"아니요. 그리고 고향에 가도 아무도 없어요."

"고향에 아무도 없다니… 설마 노예상인에게 모두 당한 거냐?"

이안의 물음에 케이트는 눈물을 글썽였다. 그 지옥과 같았던 순간을 떠올리자 자신도 모르게 눈물이 흘러내렸다.

"이런……."

이안은 케이트를 구해주고 수인족에 대한 정보를 들으려고 했었다. 노예상인들에게 매번 공격을 받는 것이 수인족들의 삶이라고 보면 맞을 것이다. 그런 그들에게 안전한 보금자리를 제공하고 그 반대급부로 아레나의 던전에 대한 안전을 책임지게 할 생각이었다. 그 생각이 처음부터 어그러지는 느낌에 고개를 살짝 가로저었다. 그러나 눈물을 흘리고 있는 케이트에게 다른 말을 묻기도 어려운 상황이었다.

"저… 그런데 왜 저를 도와주시려는 건가요?"

눈물을 흘리던 케이트는 안정을 찾자 이안에게 물었다. 자신을 구해주는 것은 고마운 일이지만 대가없이 호의를 베푸는 것은 인간들이 한다는 것이 믿어지지 않는다는 투였다.

"내 동료 중에 수인족이 있다. 이름은 에일리라고 하는데 매우 아름답고 강한 수인족 전사지. 노예상을 지나치다 너를 보는데 갑자기 그녀가 생각이 나서 말이야."

원래의 목적과는 전혀 다른 이야기지만 이렇게 말하는 것이 그나마 케이트를 안심시킬 수 있을 것이었다.

"아… 그렇군요. 그녀는 강한가요?"

케이트는 에일리라는 수인족 여전사가 얼마나 강할지 그것이 궁금했던지 곧바로 강함에 대한 것을 물었다.

"강하지. 익스퍼트 중급을 넘어서 상급에 거의 도달했으니까."

"익스퍼트 중급이 어느 정도에요? 나를 잡아 온 그 나쁜 놈보다 강한가요? 네?"

노예상인이 부리는 슬레이브 헌터는 용병들이 대부분이

다. 질이 나쁜 놈들이 목돈을 얻기 위해 하는 경우가 태반이니 익스퍼트급은 그다지 많지 않았다. 그래도 슬레이브 헌터를 하려면 적어도 B급 이상의 용병들이 많으니 제법 강하기는 할 것이었다.

"그들보다는 강하지. 기사들 중에서도 제법 강한 축에 들어가니까."

"아… 부러워요……."

케이트는 강한 힘을 가지고 있다는 수인족 여전사에 대한 동경을 갖게 되었다. 자신이 그런 힘을 가지고 있었다면 이런 비참한 꼴을 당하지 않아도 될 것이라는 그런 생각의 발로였다.

"어차피 갈 곳이 없다면 나와 같이 가겠느냐? 에일리와 함께 있으면서 네 실력을 키우는 것도 나쁘지는 않을 거다."

이안의 말에 케이트는 고민을 하는 듯했다. 자신을 구해준 사람이기는 하지만 아직 완전히 믿을 수는 없었기에 고민이 길어진 것이다.

"따라갈게요."

지금 상황에서 나올 대답은 뻔했다. 쿼터 수인족 소녀가 아무런 연고도 없이 세상을 떠돌면 그 결과는 너무도 당연하게 흘러가게 되어 있었으니 말이다.

"잘 생각했다."

이안은 고개를 끄덕이며 케이트의 결정을 반겼다. 혼자 있는 일이 많은 에일리에게 말동무라도 만들어 줄 수 있다는 것이 반가운 것이었다.

"주이이인!"

멀리서부터 달려오는 에일리의 몸놀림은 야수형일 때를 방불할 만큼 빠르고 역동적이었다. 이안이 사준 로브에 구멍이 뚫려도 그것만 입을 만큼 맹목적인 에일리의 충성심만큼 그녀가 달려오는 속도도 무척이나 빨랐다.

와락!

이안의 품에 안겨든 에일리는 아기가 부모의 품에 안겨 평안을 찾듯이 얼굴을 부비며 맹목적인 애정을 표시했다.

'어릴 때부터 혼자서 살아왔으니 애정에 굶주렸을 만도 하지.'

에일리는 어릴 적 전대 가디언이었던 부모를 잃고 혼자서 아레나의 던전을 지키는 임무를 수행해 왔었다. 야수형태로 살아 온 세월 동안 혼자라는 고독감에 몸서리를 쳤을 것이니 이러는 것도 무리는 아니라는 판단이 들었다.

'그리고 결정적인 것은 그 누구도 이런 행동이 잘못됐다고 이야기해주지 않았기 때문이겠지.'

인간도 마찬가지라고 할 수 있다. 늑대소년이라는 것도 인간의 교육을 받지 못하고 늑대로부터 키워진 인간의 아이가 늑대를 그대로 따라하는 것이 잘못된 거라고 할 수는 없다. 그건 그 아이가 교육을 그렇게 받았기 때문이니 말이다.

"잘 지냈느냐?"

이안의 물음에 에일리는 유일한 자신의 주인이며 모든 것에 우선해야 할 대상에게 고개를 끄덕였다. 그렇게 맹목적인 세뇌에 가까운 교육을 받았기에 에일리로서는 당연한 행동일 것이었다.

"웅! 주인님 기다리며 에일리 열심히 수련했다. 나 잘했지?"

"후후! 그랬구나. 우리 에일리는 역시 최고라니까. 하하하!"

이안이 기뻐하자 에일리 역시 따라 웃으며 진정으로 행복해했다. 아직은 복합적인 사고와 자신의 주관적인 시선으로 세상을 보는 것이 힘든 에일리이기에 이안은 그녀의 머리를 쓰다듬어주며 말했다.

"에일리, 저기를 보렴."

이안이 가리킨 곳에는 두 사람의 행동을 지켜보는 작은 소녀가 한 명 서 있었다. 바로 이안이 노예상으로부터 사서 에일리의 말동무로 만들려고 데리고 온 케이트였다.

"우웅? 저 인간은 뭐야?"

에일리는 아레나의 던전에 들어온 외부의 침입자 정도로 케이트를 받아들였다. 비록 이안을 따라왔다고는 하지만 아직 아레나의 승인을 얻지 못한 존재이기에 적이라고 여겨도 무방한 상태였다.

"케이트라고 하는 수인족의 피를 물려받은 아이야."

"웅? 수인족? 그럼 나랑 같은 거야?"

에일리는 자신과 같은 수인족의 피를 물려받았다는 말에 케이트에게 달려갔다. 그리고 이리저리 뜯어보며 자신과 같은 수인족인지 확인했다.

"킁킁! 아… 좋은 냄새가 나."

수인족의 후각은 인간보다 수백 배 이상 발달했기에 케이트의 피에서 흐르는 수인족 특유의 냄새를 맡은 것이었다.

"아, 안녕하세요, 케이트에요."

케이트는 자신의 몸에다 대고 코를 킁킁거리고 있는 에일리의 모습에 당황한 빛이 역력했다.

"웅! 반가워, 난 에일리야. 주인님이 지어준 이름이야. 이쁘지?"

"아… 네……."

케이트는 이안이 지어준 에일리라는 이름을 자랑스럽게 이야기하는 에일리의 모습에 생경함을 느꼈다.

"에일리, 일단 안으로 들어가자."

"우웅! 케이트는 들어갈 수 없는데……."

자신과 같은 냄새를 맡아서인지 금세 케이트에 대한 적개심을 풀고 동료로 인정해 버린 에일리였다.

"그건 내가 허락할 테니 걱정 말고."

"아… 주인님의 허락하면 가도 된다. 헤헤헤!"

에일리는 케이트와 같이 던전 안으로 들어가도 된다는 것에 기뻐하며 그녀의 손목을 잡고 던전으로 이끌었다.

"어어……."

케이트는 우악스런 에일리의 힘에 의해 어어거리며 안으로 끌려 들어가듯이 던전 내부로 진입했다.

─마스터의 귀환을 환영합니다.

안으로 들어가자마자 들려온 아레나의 음성에 이안은 환하게 미소 지으며 대답했다.

"잘 지냈지?"

─물론이에요, 안 그래도 보고할 것이 있었는데 잘 오셨어요, 마스터!

"보고할 거라니? 차원의 틈새에 무슨 문제라도 생긴 거야?"

─그건 아니에요. 지난 시간동안 마나가 쌓여서 그것을 해결해야 한다는 말씀을 드리려고 했어요.

"아… 마나가 또 많이 쌓인 모양이군."

마나를 사용하지 않으면 다시 던전 밖으로 마나가 흘러나 갈 수밖에 없었다. 그렇게 되면 몬스터들은 그 마나의 향기에 끌려 헬카이드의 배꼽으로 내려올 것이고 더욱 많은 돌연변 이 몬스터들이 생겨나게 된다. 그것을 해결하는 것도 일이기 에 마나를 사용하던지 해야 했다.

"아참! 인공 마나석에 마나를 채우는 일은 어떻게 됐지?"

―그건 벌써 해뒀어요. 인공 마나석에 마나를 채우는 일로 는 어림도 없는 상황이라서요.

"끄응… 조만간 수를 내볼게. 그동안만 버텨줘."

―알았어요, 마스터.

아레나는 이안이 해결해야 할 일들 몇 가지를 더 이야기한 후 케이트에 코드명을 부여하여 던전 출입권한을 주었다.

'이 쾌도차는 언제 타도 재미있단 말이지. 올라갈 때는 이 렇게 운동이 되고 내려갈 때는 그야말로 신나고. 후후후!'

이안은 케이트를 에일리에게 맡겼다. 그리고 아레나에게 기억의 전이 마법을 사용하여 전대 가디언의 전투방식을 케 이트에게 전수하게끔 조치를 취했다. 이제 어린 소녀에 불과 한 케이트가 옆에 있으니 에일리의 외로움도 덜할 것이고 그 녀를 가르치면서 에일리의 전투실력도 한층 더 올라가게 될 것이었다.

쿠르르르르릉!

궤도차를 움직이기 위해서는 페달을 있는 힘껏 밟아야 했다. 완만한 경사이기는 해도 7킬로미터에 달하는 거리를 궤도차를 움직이려면 엄청난 근력이 소모되는 일이었다. 아마 드워프 종족이나 이안이 아니라면 결코 해낼 수 없는 일이리라.

'잘들 하고 있는지 모르겠군.'

이안은 궤도차가 멈추자 얼른 뛰어내려 문을 열고 요새로 들어섰다.

"추웅!"

"수고가 많다."

굉도의 입구를 지키는 병사들은 이안의 등장에 부동자세를 취하며 목소리를 높여서 군례를 취했다. 그들의 등을 두드려준 이안은 그들의 모습만으로도 독립여단에는 아무런 문제가 없다는 것을 알 수 있었다.

"다들 여기 있었네! 잘들 있었냐?"

이안이 대회의실로 들어섰을 때 그곳에는 다른 네 명의 친구들이 뭔가를 이야기하며 심각한 표정을 짓고 있었다.

"왔냐?"

"야! 넌 무슨 일을 저지른 거야?"

뚱한 목소리로 되묻는 맥컬리를 제치고 토리가 따지듯이

물었다. 당장에라도 한 대 칠 것 같은 기세를 보이는 토리를 안드레아가 만류하며 말했다.

"왕궁에서 소환장이 날아왔다."

"응? 왕궁에서? 왜?"

이안은 왕궁에서 소환장이 날아왔다는 말에 어리둥절한 표정을 지었다. 그러자 안드레아가 마법 통신으로 날아온 소환명령을 적어놓은 것을 이안에게 내밀었다.

"봐라."

"응? 어디 줘봐."

이안은 소환장을 받아들고 그 안에 적혀 있는 내용을 읽어 내려갔다.

"큭! 국방성장이 미쳤군."

이안의 독백같은 그 말에 네 친구는 일제히 고개를 끄덕였다. 그러나 국방성장을 씹는다고 해서 소환장이 취소되는 것이 아니니 그것이 문제였다.

"도대체 로크 제국에서 무슨 짓을 한 거냐?"

토리가 자리에 주저앉으며 묻는 말에 이안이 입꼬리를 말며 대답했다.

"별 거 없었어. 그냥 밀을 구하려고 하다 보니 기사대전에 조금 끼어들어서 칼질한 정도랄까?"

"뭐? 이게 아주 미쳐도 단단히 미쳤구나."

토리는 고개를 절레절레 내저으며 이안을 타박했다. 이안이 귀족이었다면 문제는 없었을 것이지만 현재 신분은 독립 여단의 여단장이며 그것은 곧 군인의 신분을 뜻한다.

"너, 그거 탈영인거 모르냐?"

탈영이라는 것이 장군의 신분에도 해당하는 것인지는 모를 일이었다. 그러나 이안이 곰곰이 생각해 보니 자신은 아직 의무복무중이라는 것이 문제가 되었을 것 같았다.

"끄응… 장군도 별 거 아니네. 탈영으로 소환 당하고… 개뿔!"

이안이 하는 말에 친구들은 큭큭거리며 웃기 시작했다. 생각해 보니 장군 신분에 탈영으로 국방성의 소환을 당한다는 것이 웃긴 것이다.

"걱정하지 마라. 국방성장이 소환을 했어도 별 문제 없을 거니까."

이안이 믿는 것은 락토르 왕국에서 자신을 공격해서 이득을 볼 사람은 아무도 없다는 것이었다. 지금 칼자루를 쥐고 있는 것은 이안이지 락토르의 국왕을 비롯한 그 신하들이 아니기 때문이었다.

"방법이 있는 거냐?"

안드레아가 묻는 그 말에 이안이 씩하고 웃었다.

"훗! 나에게 벌을 주려면 국왕부터 그 밑에 있는 재상까지

다 해야 할 거다."

"응? 그게 무슨 말이야?"

20만에 달하는 백성들을 먹여 살리기 위해서 식량을 구하러 갔다 온 이안이었다. 그런 이안에게 벌을 준다면 그것은 20만에 달하는 백성들을 책임지지 못하고 굶주리게 만든 국왕과 그 밑의 신하들에게 책임을 물 생각이었다. 물론 그것을 위해서는 여러 가지 물밑 작업이 병행되어야 하겠지만 그 정도는 정보길드의 생존자들을 동원해서 해낼 수 있을 것이었다.

"왕성을 좀 뒤집어 놓을 생각이다. 이런 식으로 나를 물 먹이려 하면 당하는 것은 내가 아니라 그들이 된다는 것을 보여줘야지."

"끄응… 무슨 말을 하는지는 모르겠다만 조심해. 내가 조금 알아보니 재상일파에서 손을 쓴 모양이던데."

"그래? 국방성장도 재상과 손을 잡은 건가?"

"그건 아닌 거 같아. 너를 최대한 보호하려고 했지만 자신의 자리까지 내걸고 막을 생각은 없었던 모양이야. 그래서 소환장을 보낸 거고."

안드레아의 말에 이안은 국방성장이 적으로 돌아선 것은 아닐지도 모른다는 생각에 그나마 마음이 놓였다. 국방성은 군인의 신분인 이안을 최대한 보호하려고 해야 하는 집단이었다. 그런 곳이 재상과 그 일파에 휘둘린다면 군인의 신분인 이안으로서는 상당히 괴로운 싸움이 될 것이었다.

"이 문제는 내가 알아서 할 테니 너희들은 걱정하지 마라. 그건 그렇고 헥토르 후작은 어때?"

"반란은 거의 끝났다고 봐야지. 2군단과 4군단이 본격적으로 요새를 함락시키려고 하는 모양이더라."

윈터폴 요새가 함락당한 이후로 헥토르 후작의 반란군은 지리멸렬하여 후퇴를 거듭했다. 이제 남은 것은 달랑 요새 하나였고 30만이 넘는 락토르의 군세가 밀려들어가고 있는 상태였다. 남아 있는 헥토르 후작의 군대라고 해봐야 5만도 채 되지 않았기에 조만간 반란은 막을 내릴 것이었다.

"그래도 혹시 모르니까 척후를 더 많이 내보내라. 그 인간이 미친 척하고 우리를 칠 수도 있으니까 말이야."

이안의 말대로 헥토르가 선택할 수 있는 방법은 그리 많지 않았다. 남쪽과 동쪽은 락토르 왕국군과 로크 제국의 국경선으로 막혀 있기에 그가 갈 수 있는 방법은 체이스 제국으로의 망명이었다. 그걸 위해서 남은 부하들을 모두 이끌고 독립여단을 공격한다면 이안과 친구들로서는 절체절명의 위기에 처하게 될 우려가 있었다.

"염려 마라. 그건 내가 확실하게 하고 있으니까."

"후후! 밀튼이 그렇게 말한다면 믿을 만하지."

"그나저나 서류작업 해야 할 거 많겠지?"

이안의 물음에 네 친구들은 동시에 고개를 끄덕이며 말했다.

"많지."

"얼른 처리해 줘. 결재가 안 나서 진행하지 못하는 작업이 너무 많아."

"후후! 알았다."

이안은 책상 위에 잔뜩 쌓여 있을 서류를 생각하며 서둘러 친구들과 헤어졌다. 결재만 하면 된다라고 생각하겠지만 그게 그 서류를 빠짐없이 검토해야 하는 일이기에 그 작업량은 살인적이라고 해야 할 정도로 많았기 때문이었다.

후우웅! 스팟!

공간의 비틀린 틈으로 빠져나온 이안이 약간의 울렁거림을 느낄 때 사방에서 근위기사들이 다가왔다.

"이안 레이너 준장이십니까?"

"그렇소."

이안은 장거리 텔레포트의 후유증을 삭히며 대답했다.

"근위기사단 조장 휴고 남작입니다. 국방성으로 바로 출두하시라는 전언입니다, 레이너 준장님!"

근위기사들의 딱딱한 어조에서 자신을 공격하려고 하는

이들이 많은 준비를 했다는 것을 알 수 있었다. 저들이 저런 모습을 보일 수 있는 이면에는 이안이 치명타를 입을 것이라는 이야기가 흘렀을 것이기 때문이었다.

"그렇게 하겠소."

"저희가 모시겠습니다."

"응? 후후! 그럽시다."

이안은 근위기사들이 포위하듯이 서서 자신을 국방성으로 데리고 간다는 말에 비릿한 조소를 머금었다.

'샐리 일행들이 잘 해줘야 할 텐데……'

이안은 이곳으로 오기 전에 미리 샐리일행을 왕성으로 보냈었다. 그리고 출혈을 감수하고 자금을 풀어 왕성에 소문을 퍼트리게 만들었다. 그리고 자신이 조사를 받는 오늘을 시작으로 화끈한 일들이 벌어지게 될 터였다.

'뭐, 잘 해주리라고 믿어야지 별 수 있나.'

이안은 그렇게 생각하며 근위기사들의 뒤를 따라 국방성 건물로 들어섰다.

"정지! 신분패를 보여주십시오."

국방성의 정문에 들어서기 무섭게 일행을 막으며 신분패를 요구했다. 전원이 서전트들로 이루어진 위병들은 가려 뽑은 자들답게 그 실력과 행동의 절도가 남달랐다.

"제1 근위기사단 기사조장 휴고 남작이다. 이안 레이너 준장님을 모시고 왔으니 길을 열어라!"

"헛! 이안 레이너 준장님이십니까?"

서전트 하나가 이안을 보며 놀란 눈으로 물었다. 왕국의 내전이 크게 벌어질 뻔했던 이번 사건에서 헥토르의 계획을 번번이 무산시킨 젊은 영웅을 직접 보았다는 것이 기쁜 나머지 자신의 임무도 잊은 채 이안에게 존경 어린 눈빛을 보내는 것이었다.

"맞소. 이안 레이너요."

이안이 쓸쓸한 미소를 지으며 자신이 맞다고 하자 이안에게 다가왔던 서전트가 갑자기 우렁찬 구령을 내질렀다.

"일동 차렷!"

차착!

위병소에 있는 서전트들은 모두 10여 명, 그리고 그 뒤쪽에 대기하고 있는 병력들까지 합하면 1개 소대 병력이었다. 그들이 일제히 차렷자세를 취했다.

"이안 레이너 준장님께 대하여 군례!"

"추웅!"

일제히 군례를 취하며 우렁찬 군호를 내지르는 병사들의 모습에 이안 역시 정중한 자세로 그 군례를 받았다.

"충!"

짧지만 강한 힘이 실려 있는 이안의 화답에 모두는 더욱 강럴해진 눈빛으로 변해갔다.

"들어가도 되겠나?"

"통과해도 좋습니다."

휴고 남작이 인상을 찌푸리며 하는 말에 서전트들은 이열 횡대로 늘어서서 이안에게 길을 만들어주었다. 그들이 만들어준 길을 따라 이안은 국방성 건물로 접어들었다.

3장

니들, 사람 잘못 건드렸어

이안이 국방성 건물로 들어서자 꽤나 많은 사람들이 이안을 기다리고 있었다. 국방성장과 처장을 비롯한 군부 고위 인사들이 있는 것은 당연한 일이지만 재상과 시밀로프 후작, 그리고 각 부처의 성장들이 모두 몰려와 있는 것은 너무도 웃긴 일로 다가왔다.

"충! 독립여단장 이안 레이너, 국방성의 소환명령을 받고 대령했습니다."

"어서 오게. 실제로 보는 것은 이번이 처음인가?"

"네, 그렇습니다."

국방성장의 얼굴은 장교로 임관되었을 때 먼발치에서 본 것이 다였다. 그리고 그 옆에 있는 국방처장 알렉세이 후작은 통신으로 자주 얼굴을 본 터라 개중에 가장 반가운 얼굴이었다.

"알렉세이 후작 각하도 안녕하셨습니까!"

"허허! 이 늙은이야 별다를 거 있겠나."

안부인사로 시작된 이야기는 그다지 나쁜 흐름은 아니었다. 국방성장과 국방처장이 이안에게 자신들은 너의 편이라고 하는 듯한 제스처를 보내왔기 때문이었다.

"인사는 그쯤하고 본론으로 들어가도록 하는 것이 어떻겠소이까. 이거 근무지이탈과 이적행위를 한 죄인을 불러놓고 시간을 너무 끄는 건 아닌지 모르겠소."

시밀로프 후작이 인상을 찌푸리며 하는 말에 국방처장인 알렉세이 후작이 나섰다.

"이보시오, 시밀로프 후작!"

"왜, 본작에게 할 말씀이도 있으신 게요?"

"죄인이라니 당장 취소하시오!"

알렉세이 후작이 투기를 발산하며 시밀로프 후작을 압박했다. 이안은 군의 젊은 영웅이며 이번 내전을 승리로 이끈 장군이었다. 그런 그에게 죄인 운운하며 깎아내리는 시밀로프 후작의 언행이 그를 폭발하게 만든 것이다.

"취소할 수 없소. 그가 한 행위는 분명하고 그것은 범죄에 해당하는 행위요. 죄인을 죄인이라 부르는데 내가 왜 취소해야 한다는 것이오. 흥!"

시밀로프 후작 역시 상급의 익스퍼트로 최상급을 바라보는 검사였다. 전장에서 전전한 알렉세이 후작의 기세가 강하기는 해도 못 버틸 정도는 아니었다.

"죄인이라… 훗! 국방처장 각하, 괜찮으니 조사실로 가시죠."

"으득… 그렇게 하세."

이안이 아무렇지도 않은 얼굴로 조사실로 향하자 다아크 재상과 시밀로프 후작의 표정에 미미한 변화가 일어났다. 저렇게 당당한 것에는 뭔가 이유가 있을 거라는 그런 생각에서일 터였다.

"로크 제국의 외무성에서 보내온 전문에 따르면 지난 페드로이아 후작가와 쥬베인 후작가의 영지전에 이안 레이너 준장이 끼어들었다는 내용이 있다. 이를 인정하는가?"

조사가 시작하자마자 조사관으로 나선 병무성 산하 감찰단장인 오마르 백작이 매섭게 추궁했다.

"인정합니다."

"이보게, 이안 레이너 준장! 그것이 근무지 이탈과 이적행위라는 것을 몰랐나?"

"한 가지 이의가 있습니다."

"이의? 말해보게."

이안은 이의를 제기한 후 자리에서 일어나 지금의 조사를 지켜보고 있는 다아크 공작과 시밀로프 후작 일파가 앉아 있는 곳으로 시선을 돌렸다.

"제가 로크 제국의 페드로이아 후작의 대전사로 영지전에 끼어든 것은 맞습니다. 한데 제대로 알아보시고 소환하신 거 맞습니까?"

"지금 장군이 인정한 내용이 사실이라면 더 알아보고 자시고 할 것이 뭐가 있단 말인가?"

감찰단장이 짜증을 내며 하는 말에 이안은 준비해 온 서류를 꺼내들었다.

"먼저 독립여단은 국방성장 각하의 직속으로 여타 사단이나 군단의 재가를 받지 않는 부대입니다. 오로지 국방성장 각하나 국왕 전하의 재가를 받아야 하는 부대이죠. 틀립니까?"

이안이 하는 말에 감찰단장은 그런 내규가 있는지 몰라 독립여단의 창설규범에 있는 서류첩을 집어 들었다.

"흠흠… 맞네. 그렇게 규정되어 있네."

"다음은 휴가나 포상에 관한 규정을 보시기를 바랍니다."

파락! 촤라락!

감찰단장은 이안의 말에 서류첩을 빠르게 넘겼다. 거의 뒤쪽에 있는 규정을 찾아냈을 때 이안이 다시 말을 이었다.

"휴가와 포상에 관한 것은 독립여단장의 권한으로 전결할 수 있다고 되어 있습니다. 틀립니까?"

"흐음… 맞군."

"이건 제가 전결한 포상휴가에 관한 허가서입니다. 대위로 임관하여 준장이 되는 동안 받은 훈포장과 그에 대한 포상휴가가 누적되어 총 일 년에 가깝더군요. 이번에 그 포상휴가 중에서 열흘을 사용했습니다. 이건 제가 로크 제국으로 가기 전에 처리한 허가서입니다."

"휴가 허가서라… 허허!"

감찰단장은 독립여단장의 권한 중에 휴가나 포상에 대한 전결권이 있는지는 모르고 있었다. 이는 지난번 맥기를 비롯한 서전트들을 위관으로 진급시키기 위해서 이안이 주장하여 넣은 규정으로 다른 군단이나 사단에는 없는 것이었다. 다른 부대는 모든 것이 국방성의 허락 하에 이루어지는 것이 기본이었다.

"그렇다고 해도 로크 제국으로 넘어간 것은 이적행위를 할 수도 있는 문제요. 그것에 대한 명확한 조사가 이루어져야 할 것이오!"

뒤쪽에서 조사의 흐름이 이상하게 변하고 있다는 것을 느낀 시밀로프 후작이 이적행위에 대한 것을 조사해야 한다고 목소리를 높였다.

"지금 저의 애국심을 의심하시는 겁니까?"

이안이 목소리에 투기를 뿜어내며 말했다. 강렬한 기세가 느껴지자 시밀로프 후작 역시 기세를 끌어올리며 손가락질을 해댔다.

"지금 후작인 본작에게 대서는 것인가! 감히 자작에 불과한 자가 방자하다!"

자작은 하위 귀족으로 왕위 계승서열에 들어가지 못한다. 고위 귀족과 하위 귀족의 차이가 그것에 있었다. 왕위 계승서열에 들어가느냐, 아니면 못 들어가느냐의 차이는 엄청난 것으로 서열권자는 왕의 갑작스런 유고시에 다음 왕위 계승자에 대한 투표를 행사할 수 있었다.

"내가 자작이라는 것을 다행으로 여기셔야 할 것이오. 아니었다면 나의 애국심을 모욕한 대가를 물어 당신의 목을 베었을 것이오!"

후우우웅!

엄청난 마나와 투기가 장내를 휘감았다. 소드 익스퍼트 최상급이라 알려진 이안이 내뿜기에는 그 기세가 예사롭지 않았다.

"으읏! 레이너 준장! 자제하게!"

알렉세이 후작이 이안이 내뿜는 그 기세와 마나의 양에 질겁을 하며 자제하라고 외쳤다. 그러자 이안은 서서히 마나를 거둬들이며 기세를 갈무리했다.

"저, 저런 방자한 인사를 봤나. 자작에 불과한 하위 귀족이 후작 각하께 감히… 에잉!"

"귀족원에 이 사안에 대해서 보고하고 자작의 작위도 박탈해야 합니다. 안 그렇습니까, 여러분?"

다아크 공작의 추종 세력들이 일제히 이안의 행위를 성토하며 나섰다.

"흐음… 자작이 백작까지는 결투 신청이 가능했던가? 이번에 내 손에 개박살 난 로크 제국의 마스터가 어떻게 됐더라… 당신! 그래, 당신! 계속해 보도록 해. 당신은 백작 이하이니까 결투를 신청해도 되겠지?"

이안이 다시금 투기를 발산하며 떠들어대는 귀족들 중에 하나를 콕 찍어서 비웃듯이 말했다. 귀족들은 이안이 했던 말 중에 들어 있는 로크 제국의 마스터를 개박살 냈다는 말에 주목했다.

"레이너 준장!"

"예, 처장 각하!"

"귀관이 로크 제국의 마스터를 개박살 냈다는 말은 무슨 말인가? 귀관이 마스터를 이겼다는 말인데… 소상히 말해

보게."

알렉세이 후작이 급히 나서서 묻는 말에 이안이 검을 뽑아 들었다.

후웅! 지이이잉!

이안의 롱소드에서 피어오르는 찬란한 오러가 조사실을 환하게 밝혔다.

"오오! 오러다!"

"이, 이런……."

극명하게 갈리는 두 음성은 알렉세이 후작과 시밀로프 후작의 입에서 동시에 터져 나왔다.

"마스터 대전이었습니다. 로크 제국의 마스터는 슬로터 백작으로 황자의 검술스승이라고 하더군요."

"아! 슬로터 백작이라면 나도 잘 아네. 그를 꺾었다니 대단하구먼, 대단해!"

알렉세이 후작은 최상급의 익스퍼트로 알려졌던 이안이 마스터의 반열에 오른 것에 아주 기뻐하며 엄지손가락을 추켜 세워주었다.

"크흠… 아무리 그래도 이적 행위에 대한 것도 조사를 받아야 하네. 내전이 한창인 때에 로크 제국으로 넘어간 이유가 있어야 하니 말이야."

감찰단장의 말에 이안은 서류를 감찰단장에게 내밀었다.

"받으십시오. 그 안에 제가 로크 제국으로 간 이유가 적혀 있습니다."

"흐음!"

감찰단장은 이안이 내민 서류를 받아들었다. 그리고 천천히 그것을 넘기며 안에 적혀 있는 내용을 살폈다.

"이게 뭔가? 온통 밀을 수입한다는 내용만 적혀 있는데 말일세."

"그게 이유입니다. 새롭게 하사받은 영지에 20만에 달하는 유민들이 밀려왔고 그들을 먹여 살리기 위해서 밀을 사러 갔다는 말입니다."

"그, 그런가? 그럼 밀을 사오는 것은 그렇다치고 왜 남의 영지전에 끼어든 것인지 소명해 보게."

"간단합니다. 영지전 중에는 대량의 밀을 팔지 않는다니 별 수 있습니까? 영지전을 끝내게 해야죠. 그게 답니다."

"아… 그렇구먼……."

밀을 사오기 위해서 영지전에 끼어들어서 용병노릇을 했다는 뜻이었다. 그리고 이미 내민 휴가서에 전결한 서류까지 넘어온 판이니 근무지 이탈도 아니었고 영지민을 먹여 살리기 위해서 타국에 넘어간 것이니 이적 행위도 아니었다.

"감찰단장이 보기에 이안 레이너 준장에 대한 처결은 무엇인가?"

알렉세이 후작이 빠르게 일을 마무리하기 위해서 급히 감찰단장을 몰아세웠다.

"그것이……."

감찰단장은 재상인 다아크 공작의 눈치를 살폈다. 그러나 모든 준비가 완벽한 이안의 행동에 트집을 잡았다가는 억지를 부리는 것밖에 안 되기에 다아크 공작은 눈을 감고 모르는 척 해버렸다.

"독립여단장인 이안 레이너 준장에 대한 근무지 이탈과 이적행위에 대한 조사는 무죄로 결론짓겠습니다."

감찰단장의 말에 국방성장과 처장의 얼굴에는 흐뭇한 빛이 어렸고 그를 조사장으로 소환하게 했던 다아크 공작과 시밀로프 후작, 그리고 그들의 추종세력들의 얼굴은 딱딱하게 굳어버렸다.

"잠시만 한 말씀 드려도 되겠습니까?"

"뭔가 해보게."

감찰단장이 허락하자 이안은 다시 자리에서 일어나며 말했다.

"이 자리에 서는 것은 그럴 수도 있다고 생각합니다. 하지만… 왕국의 기사이자 군인으로서의 국가관을 의심받은 것은 참을 수 없는 모욕입니다. 하여 저는 저를 이 자리에 서게 한 그 누군가를 국왕전하께 제소할 생각입니다. 하니 감찰단장님께서는 제가 로크 제국에 갔다는 것을 처음 이의제기한 사람에 대하여 알려주실 것을 청합니다."

"으음……."

감찰단장은 침음성을 흘렸다. 귀족이자 군인으로서 국가관을 의심받은 것은 심각한 모욕이라고 하는 이안의 주장이 타당했기 때문이었다.

"이보시오! 이안 레이너 자작!"

"뭡니까?"

"군인이 타국에 넘어갔다는데 그걸 이적행위인지 의심하는 것은 당연한 것이오. 그걸 국왕 전하께 제소하겠다니 너무한 거 아니오?"

"후후! 자세히 알아보셨으면 왜 그랬는지 알 수 있는 겁니다. 그리고 나라를 저버리려고 하는 스파이가 그 해당 국가에 가서 떠들썩하게 마스터 대전을 벌리다니 좀 이상하지 않습니까? 무뇌충이 아닌 다음에야 그런 의심을 하다니 이건 억지로 내 명예를 깎아내리려고 했다는 거밖에 더 되겠습니까?"

"그거야……."

졸지에 무뇌충이 되어버렸지만 이안의 말이 맞기에 반박할 수 없었다. 이 자리에서 작위를 가지고 내리 누르기에는 이안이 마스터가 된 것이 문제였다. 마스터는 백작이 기본이고 왕국의 경우라면 후작의 작위도 줄 수 있으니 다아크 공작을 제외하고는 그 누구도 이안을 겁박할 수 없었다.

"아무튼 처음 제보한 제보자의 신상을 밝혀줄 것을 요청합니다. 이는 귀족으로서 또 군인으로서의 명예를 실추시킨 것에 대한 죄를 물으려 함입니다."

"으음……"

감찰단장은 계속된 이안의 압박에 다아크 공작에게 시선을 돌리며 어떤 결론을 내려주기를 바랐다.

"내가 했네."

"웅?"

"으음……"

국방성장과 처장은 다아크 공작이 자신이 제기했다고 하자 침음성을 흘리며 물러섰다. 그들은 감찰단장에게 즉시 제보자를 이야기하라고 윽박지를 참이었다.

"이안 레이너 자작이 국왕 전하께 제소를 한다고 하니 함께 대전으로 가도록 하지."

"그러시죠, 재상 각하!"

이안으로서도 다아크 공작이 직접 총대를 멜 것이라고는 생각하지 못했었다. 잘해야 자작급의 인사 중에 하나를 희생양으로 내세울 거라 생각했었다.

'흠… 자신이 나서면 내가 공격하지 않을 거라 생각했나?

하긴, 국왕의 가장 든든한 후원자가 공작이니 내가 제소를 해
봐야 국왕이 누구의 편을 들지는 뻔하다는 생각이겠지.'

다아크 공작이 나서서 이안의 공격을 막아내겠다는 계산
이었다. 마스터의 반열에 오른 이안이 대전으로 가서 국왕의
확인을 받으면 그 순간부터 그는 백작, 지금까지의 공적을 가
산해서 생각하면 후작까지 단숨에 뛰어오르게 된다. 그를 누
르려면 시밀로프 후작으로도 힘들었고 다아크 공작은 되어야
가능했다.

"오오! 어서 오라!"

국왕은 다아크 공작과 대신들이 일제히 대전으로 들어오
자 옥좌에 바르게 정좌한 채 환영의 말을 건네왔다.

"락토르의 태양이신 국왕 전하를 뵈옵니다!"

정중하게 예를 갖추는 다아크 공작 이하 귀족들이 하는 인
사에 국왕은 손을 들어 화답하며 말문을 열었다.

"이안 레이너 자작에 대한 조사를 위해 모두 몰려간 것으
로 아는데 어떻게 되었는가?"

국왕의 물음에 국방성장이 한걸음 앞으로 나서며 대답했
다.

"감찰단장의 조사결과 무죄로 밝혀졌사옵니다, 전하!"

"그런가? 하긴 당연한 결과라 해야겠지. 나와 이 나라를 위

해서 그 어려운 상황에서도 검을 뽑아든 충직한 레이너 자작이 이적행위라니… 고는 처음부터 믿지 않았던 일이고 너무도 당연한 결과로다."

국왕은 흡족한 미소를 지으며 이안의 얼굴을 따뜻하게 바라보았다. 젊고 충직한 신하를 가지고 있다는 것만큼 지도자를 행복하게 만드는 것도 없을 것이었다.

"그 일로 인해서 이안 레이너 자작이 자신의 애국심과 귀족의 명예를 모욕했다고 그 제보자를 알려 달라 청해왔사옵니다. 그리고 다아크 공작이 자신이 이의를 제기했다고 대답했기에 이에 대한 시비를 가리고자 하옵니다."

"흐음… 그런가?"

국왕의 얼굴이 딱딱하게 굳어버렸다. 한쪽은 젊은 영웅으로 내전을 승리로 이끌게 한 일등 공신이었고 다른 쪽은 자신의 오른팔이라고 해야 할 재상이었다.

누구의 편을 들어야 한다면 당연히 재상의 손을 들어주어야 할 것이었다.

"그리고 이안 레이너 자작이 마스터의 반열에 올랐음이 밝혀졌사옵니다. 이번에 로크 제국에서도 제국의 마스터인 슬로터 백작을 꺾고 기사대전을 승리로 이끌었음도 보고하였사옵니다."

"오오! 그게 정말인가?"

"그러하옵니다, 전하!"

국방성장이 머리를 조아리며 대답하자 락토르 국왕은 자리에서 벌떡 일어나며 이안을 향해 물었다.

"마스터의 증거를 보여줄 수 있겠는가?"

"물론이옵니다, 전하!"

이안이 대답하자 국왕은 옆에 서 있는 로열가드에게 손짓을 하며 검을 내어주라 명령했다.

스스스슷!

이안이 로열가드가 건넨 롱소드를 손에 쥐자 국왕의 주위로 로열가드들이 소리 없이 밀집대형을 갖춘 채 방어에 나섰다. 혹시라도 이안이 검으로 국왕을 공격할까 하는 우려 때문이었다.

후웅! 지이이이잉!

찬란하게 타오르는 오러가 이안이 들고 있는 롱소드에서 피어올랐다. 1미터가 훌쩍 넘는 길이의 오러이니 적어도 초급의 마스터는 넘어서서 중급으로 올라가고 있음을 보여주었다.

"오오! 너무도 아름다운 빛이로다! 이안 레이너 자작이 마스터의 반열에 오르다니… 이는 우리 락토르 왕국의 홍복이 아닌가 싶구나."

락토르 국왕의 감탄어린 말에 모든 귀족들은 머리를 조아리며 축하의 말을 건넸다.

"모든 것이 국왕 전하의 은혜인 줄 아옵니다. 하례드리옵
니다, 전하!"

"하례드리옵니다!"

귀족들의 인사에 입꼬리가 귀까지 가서 걸린 국왕이 이안
을 향해 말했다.

"언제 마스터의 반열에 올랐는가? 전에 아레스 왕자가 갔
을 때는 최상급의 익스퍼트라고 했는데 말이야."

"그것이… 운이 좋았사옵니다, 전하."

"허허허! 운이 좋았다라… 마스터라면 적당히 자만해도 과
할 것이다. 그러니 너무 겸손한 것도 좋지 않으리라."

"예, 전하!"

"그건 그렇고 이안 레이너 자작이 마스터의 반열에 올랐으
니 또 승작을 시켜야 하는 것이 아닌가 싶은데 말이야."

락토르 국왕이 직접 나서서 말을 꺼내자 귀족들은 말문을
닫아버렸다. 지금 이 자리에 이안의 편이라고 할 수 있는 이
는 국방성장과 처장, 단 둘이었다. 나머지는 재상인 다아크
공작의 추종세력이거나 중립귀족 세력이었다.

"소드 마스터에 대한 의전은 어떻게 규정되어 있는지 고하
라!"

국왕은 다른 귀족들이 입을 다물고 있자 의전을 담당하는

관리에게 명을 내렸다.

"소드 마스터에게는 백작의 작위와 영지를 하사하고 10년 간 영지에 대한 세금을 면제해 주며 노예와 농노를 내려 사기 를 진작시킨다라고 정해져 있사옵니다, 전하!"

관리의 대답에 국왕은 고개를 끄덕이며 명을 내렸다.

"이안 레이너 자작을 백작으로 승작시키고 지금 그가 가지 고 있는 영지의 주변 땅을 더 하사하여 백작에 맞는 위상을 지키게 하라. 그리고 노예 일천과 농노 5천을 하사할 것이니 그에 맞는 준비를 하도록 하라!"

"명을 받사옵니다, 전하!"

귀족들이 일제히 대답하며 고개를 숙이자 국왕은 처음 이 곳에서 이안이 제기했던 문제로 넘어가기로 했다.

한쪽은 자신의 오른팔인 다아크 공작이고 다른 한쪽은 왕 국의 젊은 영웅이며 충직한 기사이자 새롭게 마스터의 반열 에 오른 이안이었다.

어느 편을 들이게도 애매해진 사안이지만 지금 봉합하지 않으면 두고두고 왕국의 분란이 될 일이었다.

"다음은… 그래, 다아크 공작은 왜 이안 레이너 백작을 무 고했는지 고하라!"

"예, 전하!"

다아크 공작은 자신이 처리할 일이라 여겼기에 너무도 당연하다는 듯이 나섰다.

"신은 왕국의 영웅으로 떠오른 이안 레이너 자작이 로크 제국으로 갔다는 로크 제국 외무성에 심어둔 정보망의 보고에 깜짝 놀랐사옵니다. 혹여라도 그가 로크 제국으로 망명하는 것은 아닌가 하고 말이옵니다."

"그것은 무죄라고 하지 않았나?"

"그렇사옵니다, 전하! 이안 레이너 자작은 20만에 달하는 유민이 갑자기 몰려와 그들을 먹일 식량을 구하러 로크 제국으로 간 것이 입증되었사옵니다."

국방처장인 알렉세이 후작이 다아크 공작을 힐끗 쳐다보며 재빠르게 고했다. 그 말에 락토르 국왕의 얼굴에 이채가 어렸다.

"호오! 영주로서 영지민을 먹여 살리기 위해서 타국까지 직접 원정을 갔었다는 말인가?"

"그러하옵니다. 반란으로 인해서 왕국 내에서 그만한 식량을 구하기도 어려웠사옵고 아직 반란군의 영역 안에 있는지라 제 때에 식량을 수급할 수도 없었사옵니다. 하여 부득이하게 로크 제국으로 가야 했사옵니다."

이안이 담담하게 말하자 국왕은 충분히 이해할 수 있는 문제라 여겼다.

어떻게든 이안을 엮어보려고 했던 시밀로프 후작이 사실

유무를 떠나서 억지로라도 죄를 덮어씌울 생각으로 벌인 일이었기에 국왕은 다아크 공작에게 은은한 분노를 드러냈다.

"영주가 영지민을 먹여 살리기 위해서 그 하찮은 용병의 일도 마다하지 않고 행했사옵니다. 그런데 그 행위를 이적행위로 매도하며 마스터인 제 명예를 깎아내렸사옵니다. 하여 저는 그 시시비비를 가려주시기를 청하옵니다."

이안이 국왕인 락토르에게 깊게 허리를 숙이며 청했다.

"허어……."

국왕은 누구의 편을 들어야 할지 쉽게 결정할 수 없었다. 심정적으로야 다아크의 편을 들어야 하지만 마스터이자 영웅이 이안의 명예를 저버린다면 그것은 두고두고 귀족들과 백성들의 입에서 회자될 것이기 때문이었다.

쿵! 쿵!

"아레스 폰 락토르 이왕자께서 드십니다!"

주위를 환기시키는 시종장의 지팡이 두드리는 소리와 함께 이왕자인 아레스가 대전에 왔음을 알렸다.

"어서 오너라."

두 왕자가 모두 대전에 없었는데 그중에서 이왕자이자 이안의 편이라고 할 수 있는 아레스 왕자가 들어왔다. 뭔가 서두르는 듯한 기색이 역력한 아레스 왕자는 대전의 앞으로 나아가 국왕에게 예를 갖추며 인사했다.

"부왕 전하께 영광을!"

"허허허! 그래 무슨 일이 있는 게냐?"

서두르는 기색을 국왕도 느꼈는지 아레스에게 물었다. 그
리자 아레스 왕자는 들고 들어 온 벽보를 꺼내들었다.

"이것 때문이옵니다, 부왕전하!"

"응? 그게 무엇인고?"

락토르 국왕은 호기심 어린 눈으로 아레스 왕자의 손에 들
린 벽보에 대해서 물었다.

"그것이… 하아… 직접 보셔야 할 것 같사옵니다."

"그런가? 알았다."

국왕이 손짓하자 로열가드 한 명이 내려와 벽보를 받아들
고 국왕에게 건넸다.

"흐음……."

벽보를 읽어 내려가는 락토르 국왕의 얼굴 점점 분노로 일
그러졌다.

"이 벽보가 얼마나 붙어 있다더냐?"

"왕성 곳곳에 붙어 있다고 하옵니다. 그중에 하나를 떼어
가지고 왔사온데… 그 내용이 너무나 불경하여……."

아레스 왕자는 벽보의 내용이 말하는 주인공인 이안 레이
너 자작, 이제는 백작이 된 그를 쳐다보았다.

"이안 레이너 백작!"

"하명하시옵소서, 전하!"

"그대가 이것을 직접 읽어보라. 다른 대신들이 모두 들을 수 있도록 말이야."

"그렇게 하겠사옵니다."

이안은 묘한 미소를 지은 채 국왕이 건네주는 벽보를 펼쳐 읽어내리기 시작했다.

"왕국의 영웅을 구하자… 거참 묘한 제목이로군요. 흠흠! 지금도 벌어지고 있는 반역자 헥토르 후작의 마수에서 락토르 왕국을 구한 영웅인 이안 레이너 자작이 왕궁으로 소환되었다. 이런! 제 이야기로군요."

이안은 어쩔 줄 모르겠다는 듯한 제스쳐를 취해가며 벽보의 내용을 읽어 내렸다.

"20만에 달하는 유민이 몰려들자 그들을 긍휼히 여긴 이안 레이너 자작은 직접 식량을 구하기 위해 로크 제국으로 넘어갔다. 한데 그것을 트집 잡은 일부 몰지각한 귀족들이 그를 죄인으로 몰아넣으려 한다… 하여 왕국의 영웅이자 백성을 생각하는 자애로운 영주인 그를 구하기 위해 왕국의 모든 백성들은 연명 상소를 해서라도 그를 구해야 한다… 이상입니다."

이안이 벽보의 내용을 모두 읽자 국왕은 분노한 눈으로 물었다.

"이 벽보는 레이너 백작이 벌인 일인가?"

"아니옵니다. 신은 이 모든 일을 해결할 자신이 있었사옵니다. 모든 법적 근거와 명분이 신에게 있사온데 이런 일을 벌일 이유가 있었겠사옵니까?"

이안이 말도 안 되는 소리라는 듯이 되묻자 국왕은 할 말을 잃어버렸다. 이런 일을 벌일 사람은 가해자인 다아크 공작측은 절대 아니고 오로지 이안뿐이었다. 그런데 그가 아니라고 하니 더욱 부아가 치미는 것이었다.

"경은 지금 한 말에 대해 책임을 질 수 있겠는가?"

"물론이옵니다. 그러하옵고 이번 일을 벌인 주체가 어디인지 알 것도 같사옵니다."

"알 것 같다? 그래 어디 한 번 말해보라."

"서전트 연합이옵니다. 실은 신이 이곳으로 소환되어 오게되자 휘하의 서전트들이 말도 안 되는 조치라며 분개했었사옵니다. 그들은 서전트들의 모임인 서전트 연합이 나서서 이번 일에 대한 것을 알려야 한다는 말들을 했사온데… 신이 적극 말리지 않은 것이 실책이었던 거 같사옵니다."

"끄응……."

서전트 연합은 부사관들의 불이익 방지와 전역 후 그들이 안정적으로 사회에 적응할 수 있도록 도움을 주는 단체로 만들어졌었다.

이익집단이 아닌 부사관들의 침묵단체의 성격이 강했기에 국방성에서도 인정했다. 그러나 군대의 허리에 해당하는 부사관들의 연합은 상당한 힘을 발휘하는 단체였다. 그들이 가지고 있는 내부 정보망에 의해서 군대의 모든 것을 파악할 수 있을 정도이니 말해 무엇하겠는가.

"정보국장!"

"예, 전하."

"당장 이번 벽보 사건으로 인해 어떤 상황이 일어날지 알아보라. 왕성의 백성들이 동요한다면 그 또한 좋은 일은 아닐터!"

"예, 당장 시행하겠사옵니다."

정보국장이 물러났을 때 이안 역시 자신의 자리로 돌아갔다. 힐끗 쳐다보니 포커페이스를 유지하던 다아크 공작의 얼굴에 미미한 변화가 일었다.

눈썹이 살짝살짝 꿈틀거리는 것을 보면 상당히 분노했다는 것을 알 수 있었다.

'아직은 아니야. 조금 더 지나면 아주 재미있는 소식이 들려올 거다. 그걸 기대하라고. 후후후!'

이안은 다아크 공작의 낭패한 표정을 보며 비릿한 조소를 머금었다. 이제 시작인데 여기서 마무리할 생각은 추호도 없었고 최대한 공격할 수 있을 때까지 공격을 가할 생각이었다.

쿵! 쿵!

다시 울리는 시종장의 지팡이 두드리는 소리에 모두의 이목이 대전의 입구로 쏠렸다.

"평기사 평의회의 의장 리건 프리우스 남작과 평기사 평의회의 간부진이 알현을 청하옵니다."

시종장의 외침에 락토르 국왕은 인상을 찌푸리며 대답했다.

"들라 하라!"

"예, 전하!"

시종장의 대답과 함께 대전의 문이 활짝 열리고 평의회 의장인 리건 프리우스 남작과 젊은 기사들 네 명이 그 뒤를 따라 들어왔다.

'훗! 정보길드의 힘도 대단하군. 평기사 평의회를 움직일 줄이야.'

이 정도까지 동원할 수 있을 거라 생각하지 못했었다. 그것보다 정보길드가 가진 힘이 상상 이상으로 하급 조직들에 널리 퍼져 있다는 것이 경이로웠다.

'다아크 공작… 이 위기를 어떻게 빠져나갈 것인가?'

이안의 눈은 맡은 편에 서 있는 다아크 공작과 허공 중에서 맞부딪쳤다.

다아크 공작의 깊은 무저갱 같은 눈빛과 세상을 다 불살라 버릴 것만 같은 이안의 이글거리는 눈빛의 충돌은 누구의 승리로 끝날지 아직은 미지수였다.

4장

가족을 노리다니~

평기사 평의회는 사실상 유명무실한 단체이다. 기사의 신분을 가진 이들은 영주를 모시거나 군부에 소속되는 것이 보통이기에 평기사 평의회는 기사라면 누구나 소속되는 단체이지만 강제성이 전혀 없는, 말 그대로 유명무실 그 자체인 것이다.

"락토르의 지배자이신 국왕 전하를 뵈옵니다!"

"…뵈옵니다!"

다섯 명의 기사들이 대전의 앞에 무릎을 꿇고 정중하게 기사의 예를 표하자 락토르 국왕은 고개를 끄덕이며 대답했다.

"예를 거두라."

"감사하옵니다, 전하!"

"그래, 평기사 평의회의 의장인 경이 고를 찾은 이유를 말해보라."

국왕의 물음에 평기사 평의회의 의장인 프리우스 남작이 입을 열었다.

"다름이 아니오라 왕성 곳곳에 나붙어 있는 벽보 사건 때문에 국왕 전하를 찾아뵈었사옵니다."

"벽보 사건이라… 흠! 평의회에서 할 이야기라도 있는가?"

"그렇사옵니다. 평기사 평의회는 이번 일을 벌인 책임자에게 그 책임을 물어 다시는 정치적인 이유로 기사도를 탄압하는 일이 없었으면 하는 바람으로 평기사 평의회에 소속된 기사들의 연명상소를 가지고 왔사옵니다. 여기 받아주시옵소서!"

프리우스 남작이 건네는 연명 상소는 일종의 연판장 같은 것이었다. 거기에 서명한 기사들은 대부분이 군부에 소속된 기사들로 왕성수비군과 각 부서에 속한 이들이었다.

"허허… 받아들이겠노라."

"감읍하옵니다, 전하!"

프리우스 남작이 바친 연명상소가 국왕의 손에 들어가자 락토르 국왕은 인상을 굳히며 물었다.

"경과 평의회의 연명상소 외에 또 상소가 올라올 것이 있던가?"

"신이 듣기로는 기사 아카데미에서 연명 상소를 준비 중인 것으로 아옵니다."

"기사 아카데미… 으음……."

기사 아카데미는 일반적인 학생들이라고 할 수 없었다. 왕국의 미래라고 할 수 있는 이들이 몰려 있는 곳이 기사 아카데미이다 보니 그 학생들이 입을 모아 외쳐대면 고위 귀족들도 무시할 수 없었다.

특히 아직 세상의 때가 덜 묻어 있는 학생들의 순수한 의견 개진은 무턱대고 탄압하다가는 역풍에 휩쓸려 사라질 수도 있었다.

"전하! 신이 한 말씀 올려도 되겠사옵니까?"

락토르 국왕이 곤란해 하는 모습에 다아크 공작이 나섰다. 이대로 가다가는 왕국의 젊은 영웅을 시기하여 죽이려 모략을 꾸민 자로 낙인이 찍힐 판이었다.

"고하시오."

재상인 다아크 공작에게만은 정중한 예의를 갖추는 국왕이었지만 오늘만큼은 상당히 냉랭한 어조를 유지했다.

"신은 오로지 왕국의 안위를 위해서 이번 조사를 진행한 것이옵니다. 결코 다른 뜻이 있어서 그런 것은 아니었사옵니다. 하오나 이렇게 뜻이 곡해되어 다른 이들에게 분란의 씨앗을 만들었을 줄은 미처 짐작하지 못했나이다.”

“그래서 하고 싶은 말이 무엇이오?”

“신이 레이너 백작에게 정식으로 사과를 하고 이번 일을 덮는 것이 어떨까 하옵니다.”

“흐음… 공작인 그대가 레이너 백작에게 정식으로 사과를 하겠다는 것이오?”

“그러하옵니다. 다 나라를 위하여 한 일인데 이렇게 곡해되어 상당히 유감이옵니다. 그러니 반란도 아직 채 진압되지 않은 상황에서 국론의 분열을 초래할 이유가 없지 않겠사옵니까?”

“국론 분열이라… 하긴, 그래서 좋을 것은 없겠지. 레이너 백작의 생각은 어떠한가?”

국왕이 넌지시 이안의 의견을 물었다. 하지만 그의 얼굴에는 이 제안을 받아들이라는 빛이 강했다.

‘아직은 모자라도 한참 모자란데… 국왕의 눈빛이 장난이 아니니… 쩝!’

이안은 어떻게 해야 할까 잠시 고민했다. 그러나 이 자리에서 우겨봤자 국왕의 눈 밖에 난다는 것은 불문가지의 사실이었다. 이쯤에서 재상인 다아크 공작의 사과를 받고 끝내는 것이 자신에게도 이로웠다.

'빛을 지워두는 것이니 앞으로 내가 하려는 일에 무턱대고 나서지는 못하겠지.'

그것이면 족했다. 앞으로 이안이 벌리려고 하는 일에 다아크 공작측은 한수 접고 들어와야 할 것이었다.

"공작 각하께서 사과를 하시겠다니 저로서는 더 이상의 불만은 없사옵니다."

"허허허! 역시 이 락토르 왕국의 영웅인 레이너 백작이로다! 공작의 사과를 받는 것으로 이번 일을 마무리 짓도록 하지."

국왕의 말이 끝나자 다아크 공작이 이안의 앞으로 걸어와서 살짝 고개를 숙였다.

"내 백작의 일을 곡해하여 일어난 일이니 너무 마음에 두지 말게나. 이 늙은이가 이렇게 사과를 함세."

"흠… 재상 각하의 사과를 받아들이겠습니다."

"흐흐흐! 고맙네. 내 사과를 받아줘서."

"아닙니다. 별 말씀을 다하시는군요. 후후!"

이안은 다아크 공작이 내민 손을 잡았다. 아무런 감정 없이 흔드는 손길이 제법 오래 지속되었고 두 사람의 눈빛은 여전히 허공중에서 격한 스파크를 만들어 내며 불꽃을 튀겼다.

"이익! 이 모자란 인사를 어찌할까!"

"송구합니다, 공작 각하!"

시밀로프 후작은 다아크 공작이 내지르는 분노에 그대로 직면했다. 지금 그가 할 수 있는 것은 오로지 한 가지, 고개를 조아리고 다아크 공작의 화가 풀리기를 바라는 것뿐이었다.

"후우… 후우… 제대로 된 조사도 없이 일을 벌이다니 후작은 지금 정신이 있는 것이오?"

"죄송합니다, 각하!"

시밀로프 후작은 연신 머리를 숙이며 이안에 대한 분노를 키웠다. 어떻게든 이안과 레이너 가문의 모든 종자들을 찢어 죽이고 말겠다는 증오심으로 심장이 불타올랐다.

"그 빌어먹을 애송이 자식을 어떻게 해야 할까? 내가 이 수모를 당했는데 가만히 둘 수는 없는 노릇 아닌가!"

다아크 공작의 분노에 추종 세력의 귀족들은 일제히 입을 열었다.

"지당하신 말씀이십니다."

"철저하게 짓밟아서 다시는 재기할 수 없도록 만들어야 할 것입니다."

휘하 귀족들의 말에 다아크 공작은 시밀로프 후작을 보며 으르렁거리듯이 말했다.

"후작!"

"하명하십시오, 각하!"

"레이너 가문을 짓밟으시오. 레이너 백작은 군인의 신분이니 영지전을 도우러 갈 수 없소. 간다고 하더라도 혼자서는 아무것도 할 수 없지. 그러니 무슨 수단을 써서라도 짓밟으란 말이오. 아시겠소?"

"맡겨주십시오, 안 그래도 레이너 가문에서 전쟁 배상금이 들어오지 않아서 명분은 충분하니 말입니다."

레이너 남작가는 여전히 전쟁 배상금을 갚지 못해서 허덕이고 있었다. 이안은 그런 가문에 도움을 줄 생각을 하지 않고 있었는데 그것이 새로운 분란의 씨앗이 될 거라고는 미처 생각하지 못하고 있었다.

"왕자 저하를 뵈옵니다."

이안은 따로 만나자는 전갈을 보내 온 아레스 왕자의 궁으로 가서 그를 만나 인사를 건넸다.

"어서 오시오, 레이너 백작!"

이제는 백작이 되어 국왕이라고 해도 함부로 할 수 없는 직위까지 올라 온 이안을 경이로운 시선으로 바라보았다.

"그간 강녕하셨사옵니까?"

"하하! 나야 뭐 늘 그렇지 않겠소. 그나저나 마스터에 올랐다는 이야기를 들었소. 참으로 대단하시오. 하하하!"

마스터의 반열에 오르는 이는 한 세대에 두셋을 넘기 어려웠다. 제국은 몰라도 락토르 왕국에서 마스터에 오른 이들의 숫자는 그 이상을 넘지 못했다.

"과찬이십니다."

"아니오. 백작의 대단함은 익히 알고 있었지만 내 기대를 뛰어넘었으니 대단하다고 할 밖에요. 하하하!"

아레스 왕자는 진심으로 이안이 마스터의 반열에 오른 것을 축하해 주었다. 그것이 정치적인 것이든 나중을 위한 포석이든 간에 그의 축하가 그리 나쁘게 다가오지 않았다.

"축하는 이정도로 하고 어쩌자고 일을 그렇게 벌인 것이오?"

"후후… 신은 너무 일찍 끝낸 것은 아닌가 생각합니다만."

"하아… 레이너 백작은 다아크 공작이 가지고 있는 힘이 어느 정도인지 몰라서 이러는 것 같소. 그가 마음먹고 나선다면 아바마마도 무사하지 못할 정도인 것을 숙지해야 할 것이오."

다아크 공작은 국왕파의 수뇌로 그가 지휘하고 있는 귀족들이 지금 락토르 왕국을 지탱하는 귀족 세력의 절반이 넘었다. 만약 그가 독한 마음을 먹는다면 나라가 두 조각으로 갈라질 수도 있을 정도였다.

"알고 있습니다. 하지만 군부의 지지를 얻지 못하는 이상 그가 국왕 전하를 거스를 수는 없습니다."

군부의 지지가 지금 락토르 국왕이 정국을 이끌어갈 수 있는 원동력이었다. 국방성장 이하 주요 지휘관들이 락토르 국왕에 대한 절대적인 충성을 가지고 있기에 다아크 공작도 함부로 준동하지 못하는 것이었다.

"하지만 생각해야 할 것은 그것만이 아니오. 그가 휘하의 귀족들을 동원하여 백작의 영지로 가는 길목을 끊어버린다면 자칫 독립여단이 고립될 수도 있소. 그것을 간과하지 말았으면 하오."

"흠… 충분한 대책을 세울 것이니 염려하지 마십시오, 저하!"

"그렇게 하리라 믿지만 노파심에서 하는 소리이니 너무 고깝게 생각하지는 말기 바라겠소."

"후후! 이를 말이겠습니까. 염려하지 마십시오."

이안이 정중하게 예를 갖춰서 이야기하자 아레스 왕자는 본격적으로 이야기를 풀어나갔다. 걱정을 해줬으니 인사치레는 됐고 독립여단과 강철의 모루 일족에 관한 이야기가 시작된 것이었다.

"이번에 군부에서 공문이 넘어가겠지만 마동포의 구매를 백작이 책임져 줘야겠소."

마동포의 구입은 언제라도 이루어질 일이었다. 다른 두 제국에서는 이미 사절단이 넘어올 준비를 하고 있었으니 락토르 왕국은 상당히 늦은 편에 속했다. 그 시간의 텀을 이안으로 하여금 메우게 할 생각인 듯싶었다.

"마동포의 구입은 어렵지 않습니다. 하지만 다른 두 제국도 구매를 하러 올 것인데 물량을 맞추는 것이 문제입니다."

"나도 그것은 알고 있소. 부왕전하께서도 그 점을 지적하시면서 최대한 많은 물량을 구할 수 있기를 희망하셨소."

말은 그렇게 해도 뒤로 빼돌려서라도 물량을 채워야 할 거라는 뜻임을 이안도 잘 알고 있었다.

"음… 몇 대의 마동포를 구하려고 하시는 것입니까?"

"총 50대요. 그 정도는 있어야 헥토르 그자가 버티고 있는 요새를 직접 공격할 수 있을 거라는 판단이요."

이안의 독립여단은 지금까지 많은 전공을 세웠다. 그런 까닭에 나머지 전투에서는 철저하게 배제된 가운데 진압작전이 이루어지고 있는 상황이었다. 군부의 최상위층은 자신의 이권을 위해서라도 그렇게 일을 진행시켰고 이안도 내심 그것을 바라고 있었다.

'강철의 모루 일족이 만들어내는 마동포는 사흘에 한 대 정도라고 보면 맞을 것이다. 샤베른도 만들어야 하니 그 정도가 한계치일 터.'

일 년에 평균적으로 만들었을 때 120대 정도의 마동포를 생산하는 것이 가능했다. 전적으로 마동포만 생산하려고 한다면 그 숫자는 몇 배로 증가하겠지만 드워프들에게 전쟁 무기인 마동포만 만들라고 할 수는 없었다.

'지금 여단에서 보유하고 있는 마동포의 수가 50대… 딱 그 정도를 가져야겠다는 계산인가 보군.'

이전에 이안이 사용했던 전술, 그러니까 기간트 캐러밴에 마동포를 싣고 가면서 쏘는 기갑전술을 펼치기에 딱 맞는 숫자를 요구하고 있는 것이었다.

"가능하겠소?"

"두 제국은 똑같은 숫자로 배분하기를 원할 겁니다. 그러니 그 숫자를 채우는 것은 어려운 일입니다."

"으음… 군부에서 요구하는 분량이 그 정도인데 문제로군."

아레스 왕자가 독립여단과 강철의 모루 일족에 대한 전권을 가지고 일을 처리하는 듯했다. 그가 걱정 어린 모습을 보이자 이안은 내심 생각하고 있던 것을 아레스 왕자에게 말했다.

"이러는 것은 어떻겠습니까?"

"응? 무얼 말이오?"

"장인들을 200명 정도 모아 제 영지로 보내주십시오. 그들을 강철의 모루 일족에게 보내 일을 돕게 하고 그 생산량을 늘리는 것이 좋겠습니다."

"그, 그게 가능하겠소? 듣기로 드워프들은 인간 장인들의 실력을 아주 우습게 여겨 자신들의 공방에는 발도 들이지 못하게 한다고 들었는데 말이오."

"후후! 물론 그럴 것입니다. 하지만 제가 부탁한다면 그들을 내치지는 않을 것입니다."

"아… 그럴 수도 있겠구려."

아레스 왕자는 이안의 제안에 귀가 솔깃했다. 장인들 200명을 모으는 일은 상당히 어려운 일에 속하기는 했지만 왕국 차원에서 나서면 못할 것도 없는 일이었다.

"어떻게 하시겠습니까? 장인 200명이 투입된다면 그만큼 마동포의 생산 속도도 올라갈 것이고 도움을 준 왕국에 더 많은 배당을 하는 것을 저들도 뭐라 하지는 못할 겁니다."

"알겠소. 내 부왕전하께 고하여 내락을 얻어낼 것이니 백작은 그대로 일을 추진하도록 하시오."

"후후! 부탁드리겠습니다, 저하!"

이안은 아레스 왕자를 설득하여 200명의 장인들을 얻어내는 것에 성공하자 고개를 숙인 상태에서 씨익 하고 웃었다. 절대 그 웃는 모습을 다른 이에게 들켜서는 안 될 것이었다.

"레이너 가문을 지우도록!"

─하오나 각하! 지금은 반란을 진압하는 중인데 영지전 허

락이 떨어지겠습니까?

"그건 내가 알아서 한다. 다아크 공작을 움직일 것이니 자작은 전쟁에만 신경 쓰도록 해."

—그러시다면야… 바로 영지전 신청을 하도록 하겠습니다.

"반드시 그 빌어먹을 새끼들의 목을 베도록! 알겠나!"

—명심하겠습니다, 주군!

"좋은 소식 기다리도록 하지. 통신 아웃!"

시밀로프 후작은 마법 통신을 끝내고도 여전히 씩씩거리며 분을 참지 못했다.

"하버 자작으로는 무리고… 어떻게 해야 단숨에 쓸어버리지… 으드득!"

이가 갈리는 소리를 듣는 휘하의 영주들 중에 한 명이 나섰다.

"주군, 저에게 맡겨주십시오. 제가 하버 자작을 도와 레이너 가문을 멸문시키겠습니다."

"응? 오트론 자작이 가주겠나?"

"물론입니다. 주군의 불편함을 해소해 드리는 것이 수하된 자의 임무가 아니겠습니까. 맡겨주십시오."

오트론 자작은 사냥개로 불리는 하버 자작과 함께 시밀로프 후작의 휘하 영주들 중에서 가장 강력한 무력을 소유한 자였다. 두 자작이 레이너 남작령을 공격한다면 이안이 제아무리 대단한 실력을 가지고 있다고 해도 막아내지 못할 것이었다.

'하긴, 두 자작의 병사들을 합하면 7천은 족히 나올 터!'

레이너 남작가는 기사 5명에 병사라고 해봐야 500명도 안 되는 다 쓰러져 가는 가문에 불과했다. 그런 곳에 7천의 병사와 100명이 넘는 기사들이 들이닥친다면 전쟁은 해보나마나일 것이었다.

"자작을 믿겠다. 내 이 울분을 꼭 풀어주기 바라겠네."

"흐흐! 맡겨주십시오, 주군!"

"아까도 말했지만 내 다아크 공작을 움직여 영지전 승인이 이루어지도록 힘을 써줄 것이니, 한번 잘 해봐!"

"네, 주군!"

레이너 남작령은 말 그대로 영양가 전혀 없는 빈털터리 영지에 불과했다. 그러나 이안이 북쪽에 새로운 영지를 가지고 엄청난 영웅이 되어 잘 나가고 있으니 몸값은 두둑이 받아낼 수 있을 것이었다. 물론 그러기 위해서는 목숨을 살려 놓아야겠지만 팔다리 잘린다고 해서 사람이 죽는 법은 아니지 않은가.

"국왕 전하! 다아크 공작이 뵙기를 청하옵니다."

"그런가? 들라 하라."

"예, 전하!"

오랜만의 휴식을 취하던 락토르 국왕은 갑작스런 다아크 공작의 독대요청에 자세를 바로 하고 앉았다.

"전하를 뵈옵니다."

"일어나시오, 공작!"

"감사하옵니다."

다아크 공작은 국왕의 맡은 편에 서서 한 장의 서류를 건넸다.

"이게 무엇이오?"

"영지전 신청서류이옵니다."

"뭐라? 지금 정신이 있는 것이오? 시국이 어떤 시국인데 영지전을 한단 말인가!"

역정을 내는 국왕을 보며 다아크 공작은 유들거리는 눈빛을 유지하며 대답했다.

"그렇게 화만 내실 일이 아니라 여기옵니다."

"화를 낼 일이 아니다? 그럼 신청을 받아주기라도 해야 한다는 것이오?"

"그렇사옵니다. 하버 자작가가 레이너 남작가를 상대로 하는 영지전이기 때문이옵니다."

"응? 레이너 남작가? 레이너 백작의 가문이란 말인가?"

국왕은 눈빛을 빛냈다. 레이너 백작의 부친이 있는 레이너 남작가를 상대로 영지전을 한다는 것에 담겨 있는 숨은 뜻을 파악하기 위함이었다.

"훗! 시밀로프 후작이 고의 가려운 곳을 긁어주려는 모양이구려."

"그러하옵니다. 레이너 남작을 사로잡으면 마동포를 국왕 전하의 뜻대로 가져올 수 있을 것이옵니다."

다아크 공작의 말대로 레이너 남작이 사로잡힌다면 그를 담보로 하여 이안을 움직일 수 있다는 계산이 나왔다. 있어서는 안 될 일이지만 국왕은 귀가 솔깃해졌다. 그러나 이내 다른 계산이 흉중에 생겨나기 시작했다.

'다아크 공작… 이번에는 공작의 편을 들어주지 못할 것 같구려. 어차피 한번쯤은 공작도 쓴 맛을 봐야 할 때가 된 것도 같고.'

락토르 국왕은 빙긋 미소를 지으며 다아크 공작에게 말했다.

"고는 이 서류를 못 본 것으로 할 것이오. 그러니 공작의 전결로 처리토록 하시오. 아시겠소?"

"흐흐흐! 감읍하옵니다, 전하!"

다아크 공작은 이번 영지전을 통해서 이안과 그가 가지고 있는 모든 것을 빼앗을 욕심에 비릿한 조소를 머금었다.

국왕이 자신의 편을 드는 것이니 그 누가 있어서 자신을 막을 수 있을까 하는 생각이었다. 금방이라도 마동포와 이안의 모든 것이 자신의 수중으로 떨어질 거라 여겼다.

다다다다닷!

작은 요새를 개축해서 쓰고 있는 레이너 남작령의 영주성은 전령임을 알리는 깃발을 단 병사의 달음박질 소리로 소란스러웠다.

"무슨 일인가!"

영주의 집무실로 들어가기 전에 앞을 지키고 있던 레이너 남작령의 충직한 노기사 어빙의 제지를 받은 전령이 군례를 취하며 외치듯이 말했다.

"영지전을 알리는 하버 자작령의 사자가 곧 당도할 것입니다. 그것을 알리러 왔습니다."

"뭐라! 이, 이런……."

노기사 어빙은 영지전에서 패해 남작으로 강등당한 레이너 남작의 곁을 끝까지 모신 충직한 기사였다. 그런 그에게 레이너 가문에 또다시 불어 닥칠 피바람에 가슴이 막막해졌다.

"수고했다. 내가 보고할 것이니 너는 물러가도 좋다."

"충!"

전령이 돌아가자 어빙은 천근만근인양 무거워진 발걸음을 어렵사리 옮기며 영주의 집무실 문을 노크했다.

똑똑!

"들어오라!"

안으로 들어오라는 소리에 어빙은 흘러나오려고 하는 한숨을 억지로 참으며 문을 열었다.

"어빙 경, 무슨 할 말이라도 있는 것이오?"

늙고 힘이 떨어져가는 기사라지만 그는 가문에 충성을 다해 온 사람이었다. 자작에서 남작가로 강등당했을 때에도 묵묵하게 주인을 따라 이 초라한 영지로 온 그를 레이너 남작은 따스한 눈빛으로 바라보며 물었다.

"주군··· 하버 자작가에서··· 영지전을 알리는 사자가 오고 있답니다······. 하아!"

길게 한숨을 내쉬는 어빙을 보며 레이너 남작은 절망 어린 눈빛을 흘렸다. 비록 아들인 이안이 왕국을 구한 영웅이 되었고 독립여단의 여단장이라지만 영지전은 그가 참가할 수 없었다. 아니 있다고 해도 그 먼 동북방의 최전선에 있는 그가 이 머나먼 곳까지 올 때면 이미 영지전은 끝나 있을 것이었다.

"으음······."

말없이 침음성만 흘리는 레이너 남작을 보며 어빙은 고개를 숙여야 했다. 너무도 힘없이 절망적인 상태로 빠져드는 주군의 모습에 마치 자신이 잘못해서 그런 것 같은 느낌에 휩싸인 것이다.

"주군! 둘째 도련님에게 연락을 취하시는 것이 어떻겠습니까? 제가 들으니 최상급의 익스퍼트에 5클래스의 마법을 이룩했다고 들었습니다. 도련님만 돌아오신다면… 그깟 하버 자작가가 문제겠습니까!"

어빙은 피를 토하는 심정으로 이안을 부르자고 레이너 남작에게 부르짖었다. 그의 말대로 이안이 올 수만 있다면 하버 자작가는 막아낼 수 있을 지도 모를 일이었다.

"하아… 별 수 없겠구려. 이안에게 연락을 해보도록 합시다."

"네, 바로 준비하겠습니다. 주군!"

어빙은 이안을 부른다는 레이너 남작의 말에 생기가 돌았다. 레이너 가문, 아니 레이너 영지에 살아가는 모든 사람들의 희망이 바로 이안 레이너였다. 그가 돌아와서 도와준다면 이 어려운 상황도 금세 뒤바뀌게 될 거라는 믿음이 생기가 돌게 한 거였다.

"앤!"

"네, 영주님!"

원래 이안의 시녀였던 앤은 그가 군대로 떠난 이후 레이너 남작, 즉 이안의 부친인 비어홀트의 전속시녀가 되었다. 혹시라도 그녀로 인해서 아이작과 이안의 싸움이 커질 것을 염려한 조치였다.

그렇게 시녀인 앤을 부른 레이너 남작은 큰아들이자 다음 번 레이너 남작령의 주인이 될 아이작을 찾았다.

"아이작은 어디에 있는지 알고 있느냐?"

"네? 지금 알아올까요?"

"그래주겠느냐. 영지에 위급한 일이 벌어졌는데 소영주라는 놈이 어디에 있는지도 모르고 있으니… 에잉!"

레이너 남작은 아이작의 행실에 혀를 차면서도 피붙이라는 이유하나로 어쩌지 못하고 감싸는 자신이 싫어졌다.

'후우… 아이작이 이안의 반만 따라가도 이런 걱정은 안 해도 되련만… 어쩌다 그 천재였던 아이가 저리 되었는지… 하아…….'

걱정이 땅을 꺼지게 할 무렵 어빙이 통신 마법사를 데리고 들어왔다. 쥐꼬리만 한 월급도 겨우 지급하는 레이너 남작령에서 3클래스의 마법사는 구할 수도 없었기에 2클래스의 마법사를 통신마법사로 부리고 있었다.

"영주님, 찾으셨습니까?"

"둘째와 마법 통신을 하려고 하네. 가능하겠나?"

"네? 둘째 도련님과요? 으음… 제 실력이 미천하여 연락이 될지는 모르겠습니다."

"일단 시도는 해보게."

"알겠습니다."

통신마법사는 먼 동북부에 있는 이안에게 마법 통신이 연결되지 않을 것을 알지만 어떻게든 시도를 해보기 위해서 마법 수정구를 꺼내들었다.

"통신 개방! 좌표 X32971, Y10286!"

후웅! 지이잉!

수정구에 마나가 주입되고 곧 마법 통신을 연결하는 빛이 일렁거렸다.

징! 징! 징! 징!

수도에 온 김에 처리할 일이 많았던 이안은 부대로 복귀하지 않고 일처리에 몰두했다. 미리 보내놓았던 정보길드의 사람들, 즉 샐리 하워드와 그 일행들의 도움으로 정보망을 구축하는 일이었다.

"누구지?"

자신에게 마법 통신이 올 일이라고는 부대에서 오는 것밖에 없었다. 하지만 부대는 잘 돌아가고 있었고 아직까지 헥토르 후작의 반란군이 움직였다는 이야기도 없었다.

"통신 개방! 이안 레이너요."

─아! 연결이 되었군요. 다행입니다, 둘째 도련님!

"응?"

자신에게 둘째 도련님이라고 부를 수 있는 사람은 남작령에 있는 통신 마법사밖에 없었다. 그 외에는 다들 자작, 내지는 이번에 승작한 백작의 작위를 기론할 것이었다.

─이안이냐?

"아… 아버지! 어쩐 일이세요, 연락을 다 주시고."

이안은 솔직한 심정으로 레이너 가문의 영지로 가고 싶은 마음이 없었다. 가봤자 형인 아이작과 싸우기나 할 것이니 정 붙일 곳도 없다는 것이 맞을 것이었다.

─크흠… 아버지가 연락하는 것이 이상한 게냐? 이 무정한 녀석 같으니.

"하하! 죄송합니다. 그간 일이 좀 많아서요. 아시잖아요?"

─그래 네 소식은 이 벽지에까지 들려오더구나. 그래, 자작이 되었다고?

"후후! 이번에 승작해서 백작입니다, 아버지."

─오오! 백작이 되었다는 말이냐? 하하하! 정말 대단하구나, 대단해! 역시 내 아들이다. 으하하하!

영지전에 곧 시작된 시점에서도 아들의 승승장구 소식을 들은 비어홀트는 진심으로 기뻐해주었다.

'아버지는 어지간한 일로는 연락도 하지 않을 분이다. 그런데 연락을 했다는 것은… 그것도 내가 왕성에 있다는 것을 모르는 분이 한 것은 무슨 일이 있다는 소리인데…….'

이안은 약간의 불길한 느낌에 급히 아버지인 비어홀트 남작에게 물었다.

"무슨 일이 있는 겁니까? 그게 아니라면 연락할 분이 아니시잖아요?"

―으음… 그게 말이다……. 하아! 하버 자작이 다시 영지전을 걸어왔구나. 아마도 배상금을 지불하지 못해서 그걸 핑계로 내걸겠지.

"아… 하버 자작… 으득!"

이안은 하버 자작이라는 말에 이를 갈아붙였다. 자신의 모친이 죽은 직접적인 이유가 된 그를 갈아먹어도 시원치 않을 것이었다.

"언제 영지전을 한다고 합니까?"

―지금 사자가 영지로 들어왔다고 하니 며칠 이내로 시작될 게다. 그래서 말인데… 네가 좀 도와줄 수 있겠느냐?

"물론이죠. 몇 가지 일 좀 처리하고 바로 영지로 가겠습니다. 지금 왕성에 있으니 하루도 걸리지 않을 거예요."

―후우! 다행이구나. 하버 자작의 군대를 어찌 막을지 그게 걱정이었는데 말이다.

통신구를 통해서 들려오는 부친의 걱정을 돌리는 한숨 소리에 그가 얼마나 노심초사했을지 느낄 수 있었다.

'용서하지 않는다…… 하버 자작… 그리고 시밀로프 후작!'

이안은 이번 기회를 통해 시밀로프 후작과 그 일당들을 본격적으로 처리할 생각이었다. 그리고 어느 정도의 지원을 해 주어서 레이너 남작령이 스스로 자립할 수 있도록 여건을 만들어 준 다음에 복귀할 계획을 품었다.

"응? 이게 뭔가?"

국방성장은 갑자기 들이닥친 이안이 내미는 서류를 보고 물었다.

"휴가서입니다, 성장 각하!"

"휴가서? 흐음……."

반란이 아직 마무리되지 않은 시점이었다. 그런 상황에서 동북부를 지키는 독립여단의 여단장인 이안의 휴가서는 절대 허락할 수 없는 사안이었다.

"특진을 할 때마다 제게 주어진 휴가가 한 달씩이더군요. 지금까지 쓴 휴가가 열흘이니 아직 두 달 반 정도는 여유가 있는 것으로 알고 있습니다."

"그렇기야 하지. 하나 자네도 알다시피 지금은 반란을 진압하고 있는 상황일세. 이럴 때는 휴가를 줄 수 없다는 것을 알고 있지 않나?"

국방성장의 말에 이안은 고개를 가로 저었다. 알고는 있지만 국방성장의 말을 인정할 수 없다는 제스처였다.

"저도 압니다. 하지만 제 부친이 계시는 레이너 남작령으로 하버 자작이 영지전을 걸었습니다. 반란이 벌어지고 있는 내전상황에서 영지전의 승인이 나는 것은 어떻게 된 겁니까?"

"뭐라? 그런 일이 있었다는 것이 사실인가?"

"영지에서 구원을 청하는 마법 통신이 들어왔습니다. 한데 저보고 가족을 버리라는 말씀이십니까? 저는 그럴 수 없습니다!"

단호한 이안의 말에 국방성장은 인상을 구겼다. 이안의 말에 대해서 분노한 것이 아니라 그 말도 안 되는 영지전 승인을 내린 귀족원의 행태에 분노한 것이다. 그리고 국왕은 귀족원에서 올린 서류를 대충 보지도 않고 처리했거나 이안에게 앙심을 품은 다아크 공작이 재상 전결로 처리했을 가능성도 농후했다.

"큭! 그 빌어먹을 인사들이 감히 군부를 건드린다 이건가? 크하하하!"

이렇게 되면 군부와 재상과 그 일파들의 힘겨루기가 되어 버린 셈이었다. 이안은 가장 하급 장군이기는 해도 장군의 반열에 오른 인물이고 군부의 젊은 기사들과 장교들의 절대적인 지지를 받고 있었다. 그런 그를 건드린다는 것은 노골적으로 군부를 건드리는 것과 다르지 않았다.

"좋네. 자네의 휴가를 내 전결로 처리해 주지. 한번 신나게 쓸어버리고 돌아오도록. 알겠나!"

"후후! 감사합니다, 성장 각하!"

이안은 국방성장이 자신을 전폭적으로 밀어주지는 못할지라도 발목을 잡지 않고 이런 도움을 주는 것이 고마웠다.

"아참! 그리고 독립여단의 부대 편성을 살펴보니 노예병이 상당히 많더군."

"아! 그것은 반란군이었다가 포로로 잡힌 이들을 병력으로 사용하기 위해서 불가피한 선택이었습니다."

"알고 있네. 그게 아니었다면 동북부는 여전히 반란군이 득세했을 거라는 것도 말일세. 내가 하고자 하는 말은 그런 것이 아니라네."

"네? 그럼 무슨 말씀을……."

"여단은 규정상 4천 명을 넘어갈 수 없다는 것을 자네도 알겠지?"

"물론입니다. 독립여단은 국경지대를 방어하기 위해 어쩔 수 없이 규모를 2만 명까지 늘린 것이지 원래대로라면 그게 맞는 걸로 압니다."

"그래서 말인데 이번에 독립여단의 규모를 축소시키려 하네. 국경 수비와 강철의 모루 일족의 근거지를 지킬 병력으로 8천 명까지 인정하겠네. 나머지는 자네 영지의 사병으로 돌리던가 하게. 그 정도면 무슨 말인지 알 거라 믿네."

"아… 감사합니다, 각하!"

국방성장은 감히 군부를 건드리는 무리들을 가만히 두고 볼 성정이 아니었다. 어떻게든 응징을 하여 다시는 군부의 인사를 건드리지 못하게 하려는 생각인 것이다. 그것을 위해서 이안에 의해 종속되어 있는 노예병들을 여단 병력에서 빼도록 한 것이다. 그래야 이안이 그 병력을 마음대로 부릴 수 있기 때문이었다.

'후후! 노예병을 데려다가 영지전에서 사용하라는 뜻인가? 그렇다면 아주 멋진 결과를 만들어주리다. 국방성장 각하!'

이안은 멋들어진 경례로 국방성장의 후의에 답한 후 국방성 건물을 빠져나왔다. 이제는 부친과 자신을 사랑해 주는 영지민을 구하러 갈 시간이었다.

5장

치 닦으면 물인 거 들인?

이안은 샐리와 그 수하들이 만들어 놓은 거점으로 돌아와 곧바로 독립여단의 근거지인 헬카이드 산악 요새로 마법 통신을 넣었다. 노예병으로 복무하고 있는 마법사들이 제법 있어서 어렵지 않게 연결이 되었다.

—그게 무슨 소리야. 독립여단의 규모를 8천 명으로 한정한다니!

"그게 말이다……."

이안은 자신의 가족들이 살고 있는 레이너 남작령에 관한 이야기를 하면서 그곳으로 시밀로프 후작의 명령을 받은 하버 자작이 영지전을 걸었다는 것을 이야기했다.

—아하! 그러니까 국방성장님이 독립여단의 병력 규정을 넘어선 인원을 네 사병으로 인정하겠다고 한 거네?

"그런 거지. 국방성장님이 아무래도 칼을 뽑아든 거 같다. 재상과 그 일당들이 군부를 긴드리는 깃을 용서하지 않겠다는 의지 표명이랄까?"

—잘 됐네. 근데 여기서 너희 가문으로 병력을 보내려면… 한 달은 족히 더 걸리지 않냐?

토리의 질문에 이안은 그 문제를 해결할 수 있는 방법에 대해서 이야기했다.

"장거리 워프 마법진을 만들 생각이다."

—장거리 워프 마법진? 야! 그건 7클래스는 되어야 사용할 수 있는 거 아니었어?

토리의 말대로 장거리 워프 마법진은 왕실 마법사인 이실로스 후작 정도는 되어야 사용할 수 있었다. 하지만 이안은 이미 이실로스 후작이 만들어 놓은 장거리 워프 마법진보다 훨씬 더 효율적이고 안정적인 마법진을 가지고 있었다. 9클래스를 이룩했었던 대마법사 프록시나 레이첼의 마법서에 있는 것으로 6클래스인 이안이 마나석의 도움을 받으면 충분히 활용할 수 있었다.

'레이첼님의 마법서가 알려지면 안 되지만… 지금은 비상

시국이니 어쩔 수 없지. 일단 철저하게 부셔서 장거리 워프 마법진에 대한 것을 가리는 수밖에.'

장거리 워프 마법진에 관한 것을 가리려면 그보다 더한 이슈를 세상에 내보이면 그만이었다. 그것에 가려서 장거리 워프 마법진에 관한 것은 생각하지도 못할 테니 말이었다.

"내가 얻은 레이첼 님의 마법서에 안정적으로 사용할 수 있는 워프 마법진이 있다. 나는 그리기만 하면 되고 나머지는 마나석을 사용할 거다."

―아! 마나석을 사용하면 사용할 수는 있겠네. 그럼 병력은 얼마나 보내주면 되겠냐?

"이참에 하버 자작령을 빼앗을 생각이니 적어도 5천은 있어야겠지."

노예병 중에서 이안에게 종속되어 있는 이들의 숫자는 적어도 4천 정도였다. 다른 친구들의 피가 섞인 개목걸이를 걸고 있는 숫자보다는 훨씬 많았다.

―알았다. 그렇게 알고 준비시킬게.

"그래, 부탁한다."

―그럼 이만 통신 해제한다.

"그러자. 통신 해제!"

이안은 통신을 해제한 후 건물 주위를 둘러보았다. 제법 좋은 요지에 만들어진 건물은 멀지 않은 곳에 있는 왕궁이 보이는 위치였다.

'이곳에도 워프 대응진을 만들어 놓는 것이 좋겠다. 혹시 모를 일에 사용할 수 있도록 말이야.'

이안은 그런 일이 벌어지지 않기를 바라지만 세상일은 언제 어떻게 돌변할지 모르는 일이었다. 그에 대한 준비를 미리미리 해두어서 나쁠 것은 없었다.

"통신은 끝난 건가요?"

이안이 뒤를 돌아보니 샐리의 모습이 보였다. 이전의 감옥에서와는 판이하게 달라진 모습을 보이는 그녀의 모습을 보며 이안은 빙긋 미소를 지었다.

"후후! 좋아보이는군."

"덕분이에요. 퀼란 자작에게 복수도 했고 이렇게 정보길드를 재건할 수 있었으니까요."

그녀의 가문은 오랜 세월동안 정보길드의 일을 해왔었다. 가문의 숙원이라고 할 수 있는 수도로의 입성도 이안의 도움으로 무사히 진출할 수 있었으니 더 바랄 것이 없을 지경이었다.

"돈은 얼마든지 지원할 테니 최고의 길드로 만들어 봐. 인원도 확충하고."

정보길드의 기본은 사람을 구하는 것에 있었다. 많은 지역에서 정보를 취합해 줄 사람들을 많이 거느리고 있을수록 그 정보력의 정확도가 커지기 때문이었다. 그리고 그 정보길드를 지킬 수 있는 무력이 필요한데 그것을 구하는 것이 지금 샐리에게 주어진 임무였다.

"지난번에 주신 돈으로 전투노예 100명을 구했어요. 모두 중급 이상의 전투노예고 상급의 전투노예 10명이 이끌도록 조치했죠."

"잘했군."

상급의 전투노예라면 상당한 출혈이 있었을 것이었다. 한 명의 상급 전투 노예를 구하려면 적어도 100골드 이상의 금액이 필요하니 100명을 구하는데 들어간 금액이 줄 잡아 만 골드 정도였다.

"그리고 이곳은 상단 건물로 위장할 거예요."

"상단이라… 나쁘지 않겠지."

상단으로 위장하면 정보 길드원들이 직접 상행위를 해야 하겠지만 그만큼 적들의 눈에서 자유로울 수 있었다. 이전의 정보 길드들이 술집이나 여관 등으로 위장하는 것과는 상당히 다른 발상이었다. 상단은 합법적으로 상단 호위무사를 키울 수 있으니 안전도에서도 합격점을 줄만 했다.

"아참! 정보길드에 필요한 인재만 찾지 말고 영지 운영에 도움이 될 만한 사람들을 좀 찾아봐. 행정관부터 시작해서 필요한 인재들이 상당히 많으니까."

지금까지 이안의 영지는 독립여단의 부사관들이 없었다면 그대로 주저앉았을 것이었다. 군대의 행정업무에 밝은 서전트들이 대거 나서서 업무를 지탱해 주고 있으니 20만에 달하는 유민들이 흘러들어 왔어도 버틸 수 있었다. 하지만 언제까지 독립여단의 서전트들에게 의존할 수는 없는 노릇이니 인재 등용이 시급했다.

"안 그래도 선친의 친구 분의 도움을 받아서 리스트를 만들어 뒀어요."

"그래? 좀 보여주겠어?"

"잠시만 기다리세요."

샐리는 아래층으로 내려가서 두툼한 서류철을 가지고 올라왔다. 이안에게 꼭 필요한 인재에 대한 정보가 빼곡하게 적힌 서류철로 적어도 200명 정도에 달하는 인원에 대한 것이었다.

"꽤 많네."

"중간 단계의 관리로 쓸 수 있는 사람들이에요. 이건 꼭 영입해야 할 인재들로 한 부서를 믿고 맡길 수 있는 사람들이라고 하더군요. 제가 봐도 그렇구요."

"어디 좀 보지."

이안은 잔챙이들은 관심 없었다. 적어도 한 부서를 믿고 맡길 수 있는 자가 있다면 나머지야 그들이 알아서 뽑아도 되기 때문이었다.

"트레비스 에머리라… 몰락귀족인가 보군."

성을 가지고 있다는 것 자체가 귀족이라는 소리고 미들네임이 없으면 영지가 없는 단승 작위의 귀족이거나 그 몰락한 후예라는 소리였다.

"행정 아카데미를 차석으로 졸업한 재원인데 국무성의 말단 관리라고?"

서류에는 트레비스 에머리에 대한 내용이 자세하게 적혀 있었다. 행정 아카데미를 차석으로 졸업했으면 장래가 촉망되는 인재라고 할 수 있었다. 성격이나 기타 문제가 발행되지 않으면 어느 정도까지는 고속으로 승진하거나 각 영주들이 데리고 갈 정도의 레벨이었다.

"재상인 다아크 공작의 눈 밖에 나서 그래요."

"다아크 공작의 눈 밖에 나다니… 그게 무슨 소리야?"

"제가 알기로 재상 다아크 공작이 지난 10년간 행했던 정책들 가운데 상당수가 영주들을 압박하고 백성들의 등골을 빼먹는 것들이었어요. 그걸 비판했다가 승진도 못하고 한직에 머물러 있는 거죠."

"크큭! 어딜 가나 이런 것은 바뀌지 않는군."

"어쩔 수 없는 거죠. 관리는 최고의 자리에 있는 사람의 말대로 따르던가 아니면 나가는 것이 선택지의 다인 걸요."

샐리의 말대로라면 자신의 신념을 위해서는 직언도 서슴지 않는 사람이었다. 그런 사람이야말로 이안이 찾는 꼭 필요한 인재라고 할 수 있었다.

"한번 만나볼 수 있도록 준비를 해줘. 아! 물론 레이너 영지의 일이 해결된 이후로."

"알았어요. 제가 미리 접촉을 해둘게요."

"그래, 나머지 사람들도 미리 선을 만들어 둬. 그래야 나중에 한 번에 처리하지."

"호호! 그렇게 하죠."

샐리의 웃음이 너무도 자연스러웠다. 이전까지는 너무 큰일을 당했기 때문인지는 몰라도 웃음이 부자연스러웠고 억지로 웃는 듯한 모습을 보일 때가 많았다.

"그렇게 웃으니까 보기 좋잖아. 계속 그렇게 웃어. 알았어?"

"네? 호호… 알았어요."

샐리는 이안의 말에 얼굴에 홍조가 번졌다. 그 엄청난 일을 겪으면서 여인으로서의 삶은 포기했었지만 서서히 이안과 함께 하면서 새로운 꿈을 꾸게 된 덕분이었다.

"모두 마음을 단단히 먹어라! 이제 곧 왕국의 영웅이 되신 우리 둘째 도련님이 오신다! 알겠는가!"

레이너 영지는 인구수가 만 명도 안 되는 작은 산골 영지로 전락했었다. 그 결과가 하버 자작이 걸어 온 영지전에 대항하기 위해 모든 영지민들이 영주성으로 사용하는 요새로 몰려들었다. 그들을 지휘하는 이는 충직한 노기사인 어빙이었다.

"개만도 못한 새끼들… 우리 둘째 도련님만 오시면 아주… 아우우!"

"기다려 보라고, 이안 도련님이 오셔서 아주 혼쭐을 내주실 테니까 말이야. 히히히!"

영지민들의 충성도는 그 어느 때보다 높았다. 비어홀트 레이너 남작이 용기는 없어도 영지민들을 아끼는 사람이었기에 가능한 일이었다.

"이 정도로 이안이 올 때까지 버틸 수 있겠는가?"

비어홀트 레이너 남작은 영지민들을 모두 영주성으로 소개시키고 농성을 준비했다. 병력은 500명도 안 되지만 싸울 수 있는 남자들이 모두 합세한 덕분에 요새의 성벽 위로 서 있는 숫자는 2천을 헤아렸다.

"기간트만 없으면 버티는 것은 문제가 아닙니다. 요는 하버 자작이 기간트를 동원하느냐 하는 겁니다."

기간트는 국가에서 관리를 하지만 후작가문 이상은 몇 기씩의 기간트를 가지고 있었다. 혹시 모를 반란이나 적의 침입을 일차적으로 방어하는 임무를 부여받은 자들이기 때문이었다.

"빌어먹을 시밀로프 후작… 으득!"

레이너 가문의 가신으로 시작하여 지금의 성세를 이룬 시밀로프 후작가의 사냥개가 바로 하버 자작이었다. 그러니 그 시밀로프 후작가에서 기간트를 동원하지 않는다는 것은 말이 되질 않는다.

"이안이 아무리 대단한 실력을 쌓았다고 해도 기간트를 막을 수 있을 거라고는 생각할 수 없네. 안 그런가?"

"으음……."

기간트를 부술 수 있는 사람은 디스트로이어라고 불리며 마스터급의 기사이거나 7클래스를 이룬 마도사들이었다. 아직 이안의 실력이 어느 정도인지 모르는 비어홀트 남작으로서는 기간트에 대한 걱정으로 뜬눈으로 밤을 보내야 했다.

"주군! 질 생각부터 하셔서는 안 됩니다. 어떻게든 이길 생각을 하셔야 합니다. 그리고… 둘째 도련님께서 영지를 가지고 계시다니 최악의 경우에는 가문을 그곳으로 옮겨가면 됩니다."

"하버 자작이 순순히 우리를 보내주겠나? 그게 걱정일세."

"둘째 도련님을 믿으십시오. 언제나 우리를 실망시키지 않은 분이 둘째 도련님이시지 않습니까!"

어빙은 한시라도 희망을 놓지 말자고 주군인 비어홀트 남작을 다독였다. 그의 위로에 남작은 어두운 안색을 풀고 희미하게나마 미소를 지을 수 있었다.

웅! 웅! 웅!

갑작스런 마나의 유동에 어빙이 제일 먼저 반응을 보였다. 영주성은 요새로 뒤쪽에 산을 등지고 있어서 그곳에도 많은 영지민들이 숨어 있었다.

"나를 따르라!"

어빙이 제일 먼저 마나의 유동이 일어난 곳으로 달리고 그 뒤를 병사들이 잰걸음으로 달렸다.

후웅! 스팟!

영주성의 너른 연무장의 한 가운데 생겨난 오망성의 마법진에서 한 사람이 튀어나왔다.

"포위하라!"

"충!"

영지병들이 둥그렇게 원을 그리며 포위하는 가운데 어빙은 빛 무리가 가시기를 기다렸다.

"어빙 경! 오랜만이에요."

"앗! 도련님이시다! 모두 예를 갖춰라!"

"충! 둘째 도련님을 뵙니다!"

영지병들은 그토록 목이 빠져라 기다려 온 이안이 도착한 것에 목청이 터져라 외쳐댔다. 힘들어 하고 있을 다른 사람들에게 이안이 왔음을 알리기 위해서라도 있는 힘을 다해서 내지른 거였다.

"도련님, 어서 오십시오."

"후후! 내가 많이 늦은 것은 아니죠?"

어빙은 이안에게도 할아버지와 같은 사람이었다. 군대로 가기 전에는 어빙이 다른 곳에 가 있어서 볼 수 없었기에 더욱 반가웠다. 아카데미로 떠나기 전에 봤었으니 무려 5년 만에 얼굴을 보는 거였다.

"허허! 정말 대단해지셨습니다. 몇 년 전만 해도 어리셨던 도련님이… 어느새 이렇게 성장하시다니……."

어빙의 눈가가 촉촉하게 젖어들었다. 수십 년이 넘게 오롯이 가문을 섬겨 온 노기사의 그 모습에 이안은 가슴이 따뜻해지는 느낌을 받았다.

"다 어빙 경의 염려 덕분입니다. 하하하!"

이안의 대답에 어빙은 고개를 가로 저으며 말했다.

"얼마나 부단한 노력을 하셨을지 짐작이 갑니다. 남작 부인께서 살아계셨다면 얼마나 기뻐하셨을지… 크읏!"

어빙은 이안의 죽은 모친을 언급하며 격동을 멈추지 못했다. 그런 그의 어깨를 살짝 안아주며 이안은 나직하게 속삭였다.

"이럴 때가 아니잖아요. 어머니를 그렇게 만든 놈들에게 복수를 해야죠."

"아… 제가 도련님을 뵈어서 기쁜 나머지 정신을 놓고 있었군요. 어서 가시지요. 영주님께서 기다리실 겁니다."

"그래요. 어서 가죠."

이안은 어빙과 나란히 걸으며 영주성의 낮은 성벽 위에서 기다리고 있는 부친에게 향했다.

"어서 오너라, 네가 백작이 되다니… 가문을 다시 일으켜 세워주어 정말 고맙다."

비어홀트 레이너 남작이 아들인 이안의 손을 잡으며 진심으로 고마움을 표시했다.

"당연히 해야 할 일이었습니다. 그리고 드릴 말씀이 있으니 잠깐 자리를 옮기시죠."

이안은 자리를 옮기자는 말을 하면서 주위를 둘러보았다. 영지전이 벌어졌으면 당연히 있어야 할 사람이 보이지 않았다.

"저, 그런데 형은 어디 있습니까?"

"으음… 그것이……."

비어홀트 남작은 차마 형인 아이작이 어디론가 사라지고 없다는 말을 할 수 없었다. 영지전을 알리는 전령이 영주성에 들어왔을 때 이미 호위 기사로 붙여주었던 벤손과 함께 어디

론가 사라졌었던 것이다.

"가출하셨습니다. 대공자님께서는!"

어빙은 대공자이자 영지를 물려받을 아이작이 전쟁 배상금으로 줄 돈을 가지고 사라졌다는 말을 이안에게 했다. 아무도 그의 평소 행실로 봐서는 그 돈을 가지고 대도시가 있는 곳으로 가서 술판을 벌이고 있을 확률이 크다는 말도 덧붙였다.

"으득!"

이안은 형이라는 인간에 대한 분노를 참아내기 어려웠다. 가문이 어려운 상황에서도 놀고먹던 그 버릇을 여전히 버리지 못한 것이다.

"참거라. 그래도 하나뿐인 형이 아니더냐."

"형이니까 이러는 겁니다. 형이니까!"

"하아……."

모르는 남이었다면 이렇게 분노하지도 않았을 것이었다. 실망하는 단계를 넘어서서 이제는 분노를 참지 못하는 지경에 이르게 한 형에 대한 모든 것을 지우고 싶은 심정이었다.

"후우… 형에 대한 것은 나중에 이야기하고 우선 안으로 들어가시죠."

"그러자꾸나."

이안은 부친과 어빙을 데리고 요새의 성문 위에 있는 작은 지휘소로 들어갔다. 안으로 들어가자마자 아공간 가방을 꺼낸 이안은 그 안에 들어 있는 선조 렉시온이 남긴 브레이브소드의 검술서를 꺼냈다.

"아공간 오픈! 브레이브소드 출고!"

후웅! 파앗!

아공간 가방의 모습도 신기했지만 그보다 그 안에서 튀어나온 브레이브소드 검술서에 두 사람은 대경하여 눈을 동그랗게 떴다.

"이, 이안아… 이것은……."

"맞습니다. 렉시온 할아버지께서 남기신 브레이브소드 검술서입니다."

"아아… 이, 이것이……."

비어홀트 남작은 검술서를 들고 감격으로 온몸을 부르르 떨었다. 이렇게 가문이 몰락하게 된 것에는 선조 렉시온이 검술서를 가지고 사라진 때문이었다. 그래서 반쪽짜리 브레이브소드 검술로 수비의 레이너 가문이라는 오명을 얻게 되었지 않던가.

"도련님! 그럼 도련님께서 최상급의 익스퍼트가 되신 것이……."

"맞아요. 그 할아버지께서 남기신 레이너 가문의 검술! 브레이브소드를 완성했습니다. 그 결과가 제가 이룬 성취

구요."

"오오! 주신께 영광을!"

어빙은 이안이 가문의 선조인 렉시온의 유진을 습득하여 검술로 대공을 이룬 것에 하늘을 우러러보며 감사의 인사를 올렸다.

"우선 아버지께서 이 검술을 익히세요. 그리고 어빙 경도 익히도록 하시구요."

어빙은 늙은 자신에게 가문의 비기인 브레이브소드를 익히라고 말하는 이안을 격동 어린 시선으로 바라보았다.

"도련님……."

"어빙 경은 충분히 자격이 있습니다. 안 그래요, 아버지?"

"맞다. 어빙 경이라면 그 무엇이 아깝겠느냐."

어빙은 그 말에 무릎을 꿇으며 기사의 예를 갖췄다.

"이 목숨을 다해서라도 주군이 내리신 은혜를 잊지 않겠나이다. 크흑!"

"후후! 좋을 일인데 왜 울고 그래요. 그리고 보여줄 것이 더 있으니 그만 일어나세요."

"네, 도련님……."

어빙은 이안이 더 보여줄 것이 있다는 말에 눈물을 훔치며 자리에서 일어났다. 그러자 이안은 아공간 가방 안에 있는 여러 가지 물건들을 꺼냈다. 특히 예전 마계의 통로를 막기 위해서 목숨을 받쳐 싸웠던 선조들이 남긴 유진들이 두 사람의 눈길을 사정없이 잡아끌었다.

"이, 이것들은 뭐냐?"

"아티팩트들입니다."

"아, 아티팩트? 그 말로만 듣던 그 마법이 깃든 보물이라는 소리냐?"

"네, 아버지."

이안이 건네주는 아티팩트를 떨리는 손길로 받아든 비어홀트 남작은 무슨 마법이 깃든 물건인지 몰라 조심스럽게 쓰다듬기만 했다.

"그 목걸이에는 실드 마법과 안티포이즌 마법이 걸려 있습니다. 아버지께 꼭 필요한 아티팩트일 거예요."

"그러냐? 허, 허허……."

실드 마법은 죽음의 위기에서 한번은 생명을 구할 수 있는 마법이었고 안티포이즌은 독에 반응하여 독기를 몰아내는 마법이었다. 영주인 비어홀트에게 꼭 필요한 물건이라고 할 수 있었다.

"나머지 아티팩트들은 렉시온 할아버지의 친우분들이 남기신 겁니다. 그러니 아버지께서 보관하도록 하세요."

가주는 누가 뭐라고 해도 아버지인 비어홀트 레이너 남작이었다. 자신이 비록 백작의 작위에 오르고 마스터의 반열에 올랐다고 해도 가주가 되는 것은 아닌 것이다. 만약 비어홀트 남작이 이안의 성을 바꾸라고 한다면 그렇게 해야 하는 것이 귀족법이었다.

"이리 많은 아티팩트를 보니 좋기는 하다만… 이걸로 영지전을 이길 수 있는 것은 아니니 그것이 걱정이구나."

비어홀트 남작의 말에 이안은 씩하고 웃었다. 이미 중간지점인 왕성에 워프 마법진을 완성해 놓고 온 상태였고 그곳에 최상급 인공 마나석을 박아놓아 언제든 독립여단에서 대기 중인 부대가 이쪽으로 올 수 있었다.

"영지전은 저에게 맡겨주세요. 아버지께서는 이곳에서 영지민들을 다독이고 계시면 됩니다."

"응? 너 혼자 영지전을 하겠다는 말이냐? 그건 절대 안 된다!"

아들이 아무리 뛰어난 실력을 가지고 있더라도 혼자서 수천 명이 넘는 병력과 싸우게 놔둘 수는 없었다.

"혼자가 아닙니다. 국방성장 각하의 도움으로 독립여단의 노예병 5천이 이곳으로 올 거니까요."

"뭐? 그, 그게 정말이냐?"

"제가 거짓말을 할 이유가 없잖아요."

"하, 하긴… 허허! 이거야 원……."

비어홀트 남작은 지금까지 노심초사했던 것이 너무도 허

탈하게 느껴졌다. 아들인 이안이 오자마자 모든 근심걱정이 한방에 해결되어 버렸기 때문이었다.

"아버지께서는 전투가 끝나면 하버 자작가를 병합할 준비를 하세요. 며칠 걸리지 않아서 잃었던 가문의 땅을 모두 흡수할 생각입니다."

"이안아 그게 가능하겠느냐?"

"물론이죠. 영지전을 걸어 온 것은 저들이 먼저고 하버 자작이 무너지면 저들은 일제히 공격해 올 겁니다. 그때를 노려서 모두 쓸어버리면 그만입니다."

이안의 당찬 대답에 비어홀트 남작과 어빙은 서로를 쳐다보며 괜찮은 것인지 서로에게 눈빛으로 물었다.

후웅! 지이잉!

이안은 믿지 못하고 걱정하는 두 사람에게 보여주기 위해서 오러를 끌어 올렸다. 아티팩트 중에 하나인 작은 단검에서 만들어진 오러가 찬란한 빛을 뿜어내자 두 사람은 입을 헤벌리며 깜짝 놀랐다.

"오, 오러… 이안아!"

"만용을 부리려는 게 아닙니다. 자신감을 갖고 하는 행동이죠."

"그, 그래… 역시 내 아들 이안이다. 내 아들 만세다! 으하하하하!"

비어홀트 남작은 이안이 백작이 되었다는 말을 들었을 때도 그저 전공을 많이 세워 승작을 한 거라 여겼었다. 그러나 지금 보여준 오러를 보고 백작으로 승작한 이유가 그것에 있음을 깨달았다.

"어빙 경!"

"말씀하십시오, 마스터!"

어빙은 도련님이 아닌 마스터라 부르며 감동 어린 눈으로 이안을 쳐다보았다.

"에휴… 시간이 없으니 다음에 이야기하기로 하고 적들은 어디까지 온 겁니까?"

"척후의 보고로는 북서쪽 엘란 마을을 지나고 있는 걸로 알고 있습니다."

"음… 엘란 마을이라… 알았습니다. 제가 처리할 테니 어빙 경은 연락이 오면 바로 영지병을 이끌고 합류하도록 하세요."

"네, 마스터!"

어빙의 깍듯한 대답에 이안은 고개를 가로저으면서도 피식 웃고 말았다.

"흐흐흐! 이제 곧 레이너 남작… 그자의 목을 벨 수 있겠군."

하버 자작은 상급의 익스퍼트의 끝자락에 오른 검사로 성격이 포악하고 싸우는 것을 즐기는 자였다. 그래서인지 시밀로프 후작의 사냥개라는 별명으로 세상에 알려져 있었다.

"자작님, 곧 레이너가의 영주성에 도착할 겁니다. 어떻게 할까요?"

"진채를 세울 필요가 있겠는가?"

하버 자작은 레이너 가문에 남아 있는 병력은 고작해야 500명이라는 것에 방심하고 있었다. 자신은 시밀로프 후작이 지원해 준 기간트 두 대를 가지고 가고 있으니 언제라도 그 정도 병력은 밀어버릴 수 있다는 자심감이라 믿고 있었다.

"하오면 바로 공격하실 생각이십니까?"

"그렇게 해야지. 기간트를 앞세우고 밀어버리면 반나절도 걸리지 않을 싸움이야."

"그럼 바로 기간트 라이더들을 준비시키겠습니다."

"그리하게."

기간트 라이더들은 기간트 캐러밴에 따로 탑승한 채 따라오고 있었기에 기사는 말을 돌려 뒤쪽으로 돌아갔다.

"장군! 적들이 오고 있습니다!"

엘란 마을을 지나면 영주성으로 가는 작은 산길이 시작된다. 그곳에 매복한 채 기다리고 있던 이안은 바위에 앉아 명상을 하던 것에서 벗어나며 눈을 떴다.

"척후부터 제거하도록!"

"충!"

노예병들은 전직 6사단과 8사단의 정예병들이었다. 지금은 5년 후에 풀어준다는 이안의 약속을 믿고 그에게 충성을 다하고 있는 자들이었다.

스스스슷!

레인저 출신의 서전트들이 먼저 움직였다. 크로스보우와 짧은 검을 주무기로 사용하는 레인저들은 숲에서는 그 누구도 당해낼 수 없는 전력을 갖추고 있었다.

'슬슬 준비를 해볼까?'

이안은 노예병들의 희생을 최대한 줄이기 위해서 자신이 처음부터 나설 생각이었다. 장군을 나타내는 복식을 그대로 유지한 채 하프플레이트 메일만 걸치고 애검을 든 채 산길의 한복판으로 홀로 나아가서 섰다.

"오는가? 후후후!"

이안은 산길이라지만 제법 넓은 길을 따라서 올라오고 있는 적군을 바라보았다. 하버 자작이 맨 선두에서 말을 달려오고 있었고 그 뒤로 기간트가 쿵쿵 소리를 내며 뒤따랐다.

"멈춰라!"

이안이 우렁우렁한 목소리를 터뜨리며 진군해 오고 있는

적군을 세웠다.

"크하하하! 혼자서 무엇을 할 수 있다고 길을 막고 있느냐!"

하버 자작은 이 우스꽝스럽지도 않은 상황에 어이가 없는 웃음을 터트리며 조롱하듯이 말했다.

"후후! 나는 이안 레이너 백작이다. 하버 자작!"

"응? 이, 이안 레이너 백작이 왜⋯⋯."

하버 자작은 이안 레이너가 이곳에 올 수 없을 거라는 시밀로프 후작의 말을 철썩 같이 믿고 있었다. 왕국의 떠오르는 영웅이며 마스터인 그의 등장은 파랗게만 보였던 앞날에 먹장구름이 끼는 것 같았다.

"놈은 혼자다! 기간트 라이더들은 레이너 백작을 죽여라! 어서!"

아무리 마스터라고 해도 기간트를 타고 있지 않은 이상 죽일 수도 있다는 판단에 득달같이 소리쳤다. 그러자 뒤에서 따라오던 기간트 두 대가 쿵쾅거리며 앞으로 나서기 시작했다.

"잘 보라고!"

이안은 그렇게 말하며 손을 들어 숫자를 손가락으로 헤아렸다.

"다섯! 넷! 셋! 둘! 하나! 쾅!"

마나를 실어 외치는 그 음성은 하버 자작의 병사들의 귀를 파고들었다. 그리고 그 다음으로 터져 나온 것은 엄청난 굉음을 동반한 강렬한 폭발이었다.

콰앙! 콰콰콰콰쾅!

땅거죽을 뒤엎어 버리는 엄청난 폭발이 기간트를 뒤덮어 버렸다. 6클래스의 마법이 중첩되어 사용된 그 폭발은 수천 도가 넘는 고열을 순간적으로 축약시켰다.

"후후! 선을 넘으면 끝인 거 몰랐어? 기간트가 아무리 강해도 파이어버스터 3중첩 마법에 당하면 저렇게 되는 거지. 후후후!"

이안이 가리키고 있는 곳에는 엄청난 화염에 휩싸인 채 쓰러지고 있는 기간트 두 대가 있었다. 전장을 휩쓰는 전술 병기라는 기간트의 최후치고는 너무도 어이없는 광경에 하버 자작가의 병사들은 급속도로 사기가 무너져 내렸다.

6장

다음은 내 차례야, 기다리라고

이안은 채 5초도 걸리지 않아서 두 대의 기간트를 고철덩 어리로 만들어 버리는 것에 성공했다. 사기가 꺾인 하버 자작 가의 병사들은 어리둥절한 표정으로 그들의 상관을 바라보는 데 그들이라고 별반 다를 것은 없었다.

"지금이다! 총공격을 가하라!"

이안의 명령이 떨어지자 숲에 숨어 있던 오천의 노예병들 이 일제히 몸을 일으켜 세우며 하버 자작가의 병사들에게 화 살을 날려댔다.

"죽여라! 죽엇!"

"화살을 쏴라! 쏴!"

"우와아아아아아!"

오천에 이르는 정예병들이 쏘는 화살 세례는 끔찍하게도 무서운 결과를 내보였다. 한 방에 한 명의 병사들이 쓰러져 내리고 순식간에 산길에 들어 선 4천의 하버 자작가의 병사들 중 절반에 가까운 인원이 바닥을 굴렀다.

"크악!"

"아아악! 살려줘!"

비명이 난무하고 패닉상태에 빠져든 하버 자작가의 병사들은 도망가기 위해 사방으로 뛰었다. 그러나 그리 넓지 않은 산길의 좌우에서 튀어나온 노예병들이 덮쳐오자 속절없이 죽어나가야 했다.

"주, 주군! 적이 너무 많습니다. 어서 피하십시오!"

"으으… 어디로 간다는 말이냐. 레이너 백작… 저놈만 잡으면 된다. 기사들은 모두 돌격하라!"

"추, 충!"

기사들은 마스터로 알려진 이안을 향해서 돌격하라는 하버 자작의 명령에 마지못해 따랐다. 아무리 기사들의 본분이 싸우는 거라지만 이렇게 자살특공대가 되어 돌격하라는 것은 영주로서 할 명령은 아니었다.

'기사가 모자란 판국이니 굳이 죽일 필요는 없을 터.'

어차피 영주가 잡혀서 죽게 되면 기사들은 회유를 통해서 끌어들일 수 있었다. 기사가 동경하는 것은 마스터에 이를 수 있는 검술과 명예였다. 그중에서 명예를 더 소중하게 치는 이들은 어려울지 몰라도 검술에 목숨을 거는 이들이 더 많은 것이 사실이었다.

"흐랏! 이것이 레이너 가문이 잃어버렸던 브레이브소드다! 브레이브소드 7식 트리플 슬래쉬!"

후앙! 쉬쉬쉭!

이안의 검에서 쏘아져 나간 세 줄기의 오러가 전방에서 다가오고 있는 기사들을 덮쳐갔다.

"피, 피해!"

대경하여 소리를 지르는 기사들은 이안의 오러가 실린 검세에 황급히 뒤로 물러섰다.

콰등! 콰드드등!

기사들이 전진하려고 했던 곳에 떨어져 내린 오러는 거대한 폭음을 일으키며 부딪치는 모든 것을 파괴해 버렸다.

"마, 마스터……."

"으으…….."

마스터라는 소리는 들었지만 이렇게 대단한 검술을 펼치리라고는 상상조차 하기 어려웠다. 평범한 기사가 마스터의 검술과 상대해 보기란 하늘의 별따기만큼이나 어려웠다. 그

것을 실제로 겪자 급격히 떨어져 내리는 사기로 인해서 기사
들은 망연자실한 표정을 지어야 했다.

"쳐, 쳐라! 놈은 그래 봐야 혼자다. 뭣들 하는가!"

하버 자작은 직접 검을 들고 이안을 향해서 맹렬하게 돌진
해 들어왔다. 여기서 선세를 뒤집지 못하면 사신들은 매복에
걸려 전멸하게 될 것이기에 이판사판이라는 심정이었다.

'하버 네놈은 결코 쉽게 죽이지 않는다!'

이안은 하버 자작이 기사들을 제치고 달려오자 어릴 적 당
했던 그 수모와 어머니의 복수를 검에 실었다.

"타앗!"

피피피피핏!

다섯 줄기의 검세가 지면을 스치듯이 뻗어나갔다. 맹렬하
게 꿈틀거리며 날아가는 검세에 하버 자작은 이를 앙다물고
검술을 펼쳐냈다. 마나소드에 불과하지만 상급의 익스퍼트
를 넘어선 그의 검세는 상당히 사납게 마주쳐 왔다.

콰앙!

두 줄기의 검세가 허공에서 충돌을 일으켰다. 아무리 하버
자작의 실력이 최상급을 바라본다고 해도 이안의 모든 전력
이 실린 검세를 당해낼 수는 없었다. 부딪치는 순간 여지없이
하버 자작의 검기가 실린 검세가 오러에 가루가 되어 사라졌
다.

"크헉!"

갑옷 덕분에 몸이 갈라지는 것은 면했지만 오러에 격중 당하여 뒤로 사정없이 튕겨져 나가는 하버 자작의 입에서 검붉은 선혈이 뿜어져 나왔다.

"으으……."

하버 자작은 단 일수에 자신이 사정없이 뒤로 튕겨져 나가리라고는 상상하지 못했었다. 마스터와 싸워본 적이 없으니 얼마나 대단한 경지를 개척한 존재인지 미지수였던 탓이다. 그리고 은연중에 최상급의 익스퍼트를 넘보는 자신의 실력을 과신한 점도 컸다.

"하버 자작! 오랜만이군."

이안이 느릿하게 쓰러져 있는 하버 자작에게 다가가며 말했다. 그러나 아무도 하버 자작을 지키기 위해서 이안에게 달려들지 못했다. 그들도 마스터인 이안의 검술이 얼마나 엄청난 것인지 눈으로 확인한 탓이었다.

"끄윽… 개자… 쿨럭!"

씹어뱉듯이 욕설을 퍼부으려 하던 하버 자작의 입에서 다시 한 번 죽은피가 토해졌다.

"항복하는 게 어때? 네 부하들을 다 죽일 셈이 아니라면 말이야."

이안은 하버 자작의 병사들은 솔직한 심정으로 하나도 남기지 않고 처죽이고 싶었다. 저들에 의해서 평화로웠던 가문이 풍비박산되고 어머니가 병을 얻어 죽었기 때문이었다.

"으득… 어림도… 없다!"

강인한 의지는 칭찬해줄만 하지만 시세를 모르는 사람이었다. 자신밖에 모르는 인간을 따르는 그의 부하들이 오히려 불쌍하게 느껴졌다.

"그대들도 항복할 생각이 없는가!"

이안이 검끝으로 기사들을 가리키며 물었다. 이미 이안이 마스터임을 알고 있는 그들은 저항할 의지조차 포기한 상태였다. 병력으로도 안 되고 무적의 기사라고 해야 할 마스터가 그 병력을 지휘하고 있다면 싸움은 자살하려고 하는 행위밖에 안 되는 것이다.

"항복하겠습니다."

"저 역시……."

하버 자작의 기사들은 보통 초급이나 잘해야 중급의 익스퍼트들이었다. 사냥개로 이름 높은 하버 자작이지만 그가 가문을 이룬 것은 그리 오래되지 않았다. 하여 그의 기사들 역시 방랑기사들이나 아카데미를 졸업한 기사들을 영입하여 만들어졌다. 유대감이 그리 끈끈하지 않은 영향도 컸기에 저들이 항복하는 것을 뭐라고 할 수는 없었다.

"검을 버려라!"

이안의 말에 기사들은 입술을 질끈 깨물며 검을 버렸다. 기사에게 있어서 검을 버리는 것은 상당한 불명예였지만 전쟁에서 패한 상태에서 우습게 굴 사람은 아무도 없었다.

"하버가의 병사들은 모두 항복하라! 너희 영주와 기사들이 모두 사로잡혔노라!"

이안이 마나를 실어 외치자 전투는 순식간에 멈추기 시작했다. 산길이라 제대로 볼 수는 없었지만 하버 자작이 쓰러져 있고 기사들은 검을 버리고 손을 머리 위로 올리고 있는 상태를 확인한 탓이었다.

"주군! 괜찮으십니까?"

맥기와 한스가 달려왔다. 그 뒤를 장교들이 일제히 달려오며 손을 머리 위로 올리고 있는 하버 자작가의 기사들은 묶었다.

"괜찮으니 포로들부터 챙기도록!"

"충!"

이안의 명령에 맥기와 한스는 다른 장교들에게 빠르게 명령을 하달하여 천여 명도 남지 않은 하버가의 사병들을 포박해 나갔다.

"크득… 개… 개자식… 네놈이… 이겼다고 생… 각하느냐!"

하버 자작은 이안이 자신을 이겼다고 해도 시밀로프 후작

다음은 네 차례야. 기다리라고! 153

을 비롯한 그 추종세력의 공격을 이겨내지 못할 거라 자신했다. 마스터가 분명 전투에 있어서 대단한 전력임에는 분명했다. 하지만 자신의 패배를 기점으로 시밀로프 후작가는 모든 전력을 한군데 모아서 이안을 치게 될 것이다. 그렇게 되면 몇 천의 병력이 고작인 이안 혼자의 힘으로는 절대 이겨내지 못할 것이었다.

"왜? 내가 질 거 같나?"

이안의 싸늘한 조소를 머금으며 되묻자 하버 자작은 갑자기 앙천광소를 터뜨렸다.

"크하하하! 네놈 따위가 아무리 날고 기어도 시밀로프 가문과 다아크 공작가를 이길 수 있을 것 같으냐? 이 어리석은 애송이놈아!"

하버 자작의 광기 어린 눈빛은 이글이글 타올랐다. 곧 죽어가던 모습은 어디론가 사라지고 활력이 넘치는 모습을 보여주었다.

'죽게 놔두지는 않는다!'

이안은 하버 자작을 이렇게 곱게 죽일 생각이 없었다. 하여 급히 하버 자작에게 마법을 펼쳤다.

"힐링! 힐링! 리커버리!"

후우웅! 휘류류류류!

"크흑!"

마법력이 하버 자작의 몸으로 급격하게 빨려 들어갔다. 그러자 회광반조 현상을 보이던 하버 자작이 고통에 찬 신음성을 흘리며 괴로워했다. 내부가 망가져 죽음을 목전에 두고 있었는데 그것이 치료가 이루어지자 고통을 느끼는 것이었다.

"넌 절대 곱게 죽어서는 안 된다. 내 네놈의 목을 모두가 보는 앞에서 칠 것이니 말이다!"

이안은 시밀로프 후작가와의 싸움을 끝내는 자리에서 시밀로프와 그 휘하의 귀족들을 모두 한꺼번에 벨 생각이었다. 그 자리는 레이너 가문의 부활을 알리는 자리가 될 것이고 모두는 레이너 가문의 강함을 깨닫게 될 것이었다.

"넌… 반드시… 후회하게 될 거다……. 이 자리에서 날 죽이지 않은 것을… 크크크크!"

하버 자작의 말에 이안은 조소를 머금은 채 말했다.

"걱정하지 마. 넌 이 자리에서 죽은 걸로 알려질 테니까 말이야. 기사들도 네놈의 몰골을 봤으니 죽었다고 해도 믿을 거다. 후후후!"

이안은 그렇게 말한 후 하버 자작을 직접 포박하여 부하들에게 끌고 가게 지시했다. 얼굴에 포대를 뒤집어 씌워 신원을 알 수 없도록 만든 뒤 끌려가는 하버 자작을 보며 이안은 다시금 복수의 칼날을 더욱 날카롭게 벼렸다.

오트론 자작의 영지는 갑작스럽게 날아든 급보에 정신이 없었다. 하버 자작가의 대패와 그 전투에서 하버 자작이 전사했다는 소식이었다.

"어떻게 된 일인지 소상히 말해보라!"

오트론 자작의 물음에 하버 사작가의 선령은 자신이 알고 있는 사실을 그대로 고했다.

"레이너 남작가의 영주성을 공취하러 가는 길목에서 이안 레이너 백작의 군대의 매복에 걸렸습니다. 그 자리에서 하버 자작님께서는 마스터인 레이너 백작의 오러에 맞아 절명했다고 들었습니다. 그리고 곧바로 군대를 몰고 오는 레이너 백작의 군대를 막을 병력이 없어 구원을 청하는 것입니다."

"으음… 레이너 백작의 병력이 어느 정도인지는 알려졌느냐?"

"척후대의 보고에 따르면 족히 6, 7천은 될 것이라고 했습니다."

레이너 가문에 남아 있는 병력은 고작해야 500명이라고 알려져 있었다. 그런데 지금 전령이 말하는 레이너 백작의 병력은 그 숫자가 터무니없이 많았다.

'설마!'

오트론 자작은 이안이 독립여단의 병력을 빼돌려 사사로운 영지전에 사용한 것이라 생각했다. 만에 하나 그게 사실이라면 이안의 목숨은 형장의 이슬로 사라지게 될 것이었다.

"지금은 구원군을 파병할 수 없으니 하버 자작부인께 이곳
으로 피하시라고 전하라. 알겠는가?"

"네? 하, 하지만……."

"레이너 백작을 상대로 적은 병력으로 싸워봤자 패하는 것
은 우리쪽이 될 것이다. 하지만 곧 시밀로프 후작각하께서 조
치를 취하실 것이니 그때까지만 기다리면 복수를 할 수 있다.
그렇게 전하면 알 것이다. 가거라!"

"아, 알겠습니다."

전령은 구원군을 파병해달라는 요청을 묵살당하고 가야
한다는 사실에 절망했다. 하버 자작가가 차지하고 있는 땅은
본래 레이너 가문의 땅이었고 그런 곳에 레이너 가문이 다시
돌아오게 된다면 꽤 많은 수의 사람들이 죽게 될 것이었다.
예전에 레이너 가문을 배신하고 하버 자작에게 붙었던 자들
은 무조건 죽는다고 봐야 했다.

"통신 마법사를 불러라! 어서!"

"예, 주군!"

기사가 달려나가는 모습을 보는 오트론 자작은 어떻게든
중앙에서 이안에 대한 문제를 해결해야 한다고 판단했다. 그
가 거느리고 있는 군대가 독립여단의 군대가 맞다면 자신이
거느리고 있는 영지병으로는 절대 막을 수 없었다. 정규군,

그것도 북방에서 제국과 수없는 국지전을 치르며 실력을 쌓은 자들을 상대로 하루도 버티지 못하리라는 것을 잘 알고 있었다.

"대령했습니다, 주군!"

"즉시 시밀로프 후작각하께 마법 통신을 넣도록 하라."

"예? 옙!"

통신 마법사는 시밀로프 후작이 머물고 있는 왕성의 저택으로 마법 통신을 넣었다.

후웅! 지이이잉!

─시밀로프 후작가입니다. 마법 통신을 넣으신 분의 신분을…….

"오트론 자작이다. 지급으로 주군께 연결하도록!"

─네? 아, 알겠습니다.

오트론 자작은 시밀로프 후작의 심복 부하임을 모두가 알고 있었다. 그런 그가 지급이라는 말을 할 정도의 상황이라면 큰일이 벌어졌음을 마법사도 알 수 있었다.

─오트론 자작, 무슨 일인가?

"주군, 큰일이 벌어졌습니다."

─큰일이라니? 무슨 일인데 그러는가?

"그것이… 하버 자작이 영지전에서 패하여 목숨을 잃었습니다."

―뭐라! 그 무슨 말도 안 되는 소리야! 앙? 레이너 가문 따위에게 패하다니!

오트론 자작은 시밀로프 후작의 분노에 머리를 숙이며 죄스러워했다. 하지만 자신의 책임이 아닌 일로 계속 이럴 수는 없다고 생각했는지 다시 입을 열었다.

"이안 레이너 백작이 6천이 넘는 병력을 이끌고 매복으로 하버 자작군을 괴멸시켰다고 합니다."

―이안 레이너, 그놈이 말인가?

"그렇습니다, 주군! 6천이 넘는 병력이 있다는 것도 모르고 간 하버 자작의 실수는 어쩔 수 없는 일이고 지금은 그 병력이 어디서 났는지를 따져봐야 할 것입니다."

―6천이 넘는 병력이 하늘에서 떨어진 것이 아니라면… 흐흐흐! 그 어린 애송이가 자충수를 두었구만그래.

"제가 드리고 싶은 이야기가 그것입니다, 주군!"

―흐흐흐! 알겠네. 내 당장 대전으로 달려가서 이안 레이너 그놈을 잡아들이도록 조치하지.

"부탁드리겠습니다, 그가 사라지면 제가 주변의 영주들을 모아 레이너 가문을 지우도록 하겠습니다."

―알았네. 그럼 며칠간만 버티도록 해.

"예, 주군!"

오트론 자작은 시밀로프 후작이 대전에서 이안의 문제를

크게 키워서 반역에 준하는 죄로 만들기를 바랐다. 그렇게 되면 며칠만 버티면 레이너가문을 지우는 것도 가능했고 하버 자작의 복수도 할 수 있게 될 것이었다.

"총관!"

"하명하십시오, 주군!"

"지금 즉시 주변 영지에 연통을 넣어라. 후작각하께서 처리하시겠지만 혹시 모르니 말이야."

"병력을 이끌고 오라고 전하면 되는 것입니까?"

"그래야겠지."

"알겠습니다. 바로 연통을 넣겠습니다."

총관이 나가자 오트론 자작은 하버 자작가를 점령한 후 이안이 어떤 움직임을 보일지 궁리에 들어갔다. 이안이 독립여단의 병력을 이끌고 온 것이 밝혀지더라도 그가 소환을 거부하고 난동을 부린다면 그야말로 재앙에 가까운 일이 될 것이니 그에 대비해야만 했다.

징! 징! 징!

마법 수정구에 불이 밝혀지며 진동이 일어났다. 어디선가 마법 통신을 걸어온 것에 이안은 서둘러 마나를 주입했다.

후웅! 스팟!

수정구에 흐릿하게 상대편의 얼굴이 드러났다.

"안녕하셨습니까, 알렉세이 후작 각하!"

ㅡ나야 잘 지냈네. 이번에 내려가서 크게 일을 저질렀다면서?

알렉세이의 말에 이안은 희미한 미소를 지었다. 알렉세이 후작이 하버 자작가를 집어삼키고 있는 사실을 알고 있다면 이미 왕성 내부에 소문이 쫙 퍼졌다는 것을 의미했다.

"그렇게 됐습니다. 하버 자작이 영지전을 걸어왔기에 어쩔 수 없이 싸워야 했습니다."

ㅡ나도 들었네. 그런데 자네 너무한 거 아닌가 싶구먼.

"예? 하하… 무슨 일인지는 모르지만 제가 실례를 했다면 용서하시기를 바라겠습니다."

무슨 잘못을 했는지 알 수 없지만 몇 안 되는 우군을 달래는 것이 우선이었다.

ㅡ허허허! 국방성장께만 이야기를 하고 말이야. 나에게 말했으면 오죽이나 좋았겠나.

"아… 시간이 촉박해서 그만… 다시 한 번 죄송합니다. 하하하!"

ㅡ아닐세. 이렇게 연락을 한 것은 다름이 아니고 시밀로프 후작이 자네 문제를 국왕전하께 상신했다는 것을 알려주려고 말일세.

시밀로프 후작이 국왕에게 자신의 문제를 상신했다면 국

방성장이 자신의 권한으로 전결하고 아직 국왕에게 보고하지 않았다는 것을 의미했다.

'후후! 국방성장이 아주 이를 갈았구만. 갈았어!'

시밀로프 후작과 다아크 공작을 엿먹이기 위해서 국방성장이 의도적으로 알리지 않고 일을 벌인 것이었다.

"다아크 공작측에서 거세게 제 성토를 했겠군요."

―뭐 그렇지. 그래도 어쩌겠나 이미 국방성장 전결로 독립여단의 병력을 8천으로 정하고 나머지를 자네의 사병으로 인정한다고 결정된 것을 말일세. 흐흐흐!

알렉세이 후작도 다아크 공작과는 그리 좋은 사이가 아니었다. 군부의 권한을 줄이려고 혈안이 된 재상이고 보니 군부의 인사들과 사이가 좋을 수는 없었다.

―전에 자네가 독립여단 편성표를 올리면서 마동포의 숫자와 샤베른의 숫자도 기재를 했더라고. 해서 그 숫자를 넘어가는 것은 독립여단의 병기가 아니라는 것도 확실히 했으니 깔끔하게 정리해 버리게. 알겠나?

알렉세이 후작이 말하는 의미를 이안은 곧바로 알아들었다. 다아크 공작의 한 팔이라고 할 수 있는 시밀로프 후작가를 깨끗하게 밀어버리면 군부의 위상은 한층 더 올라갈 것이기 때문이었다.

"후작 각하께서 이렇게 좋은 선물을 주셨는데 더욱 열심히

해야겠군요. 후후후!"

─흐흐흐! 그래야지 암! 그래야 하고 말고. 내 백작만 믿고 있겠네. 그럼 수고하시게.

"감사합니다, 각하! 하하하!"

이안은 마동포와 샤베른을 사용할 수 없는 제약을 풀어준 알렉세이 후작의 호의에 진심으로 감사했다. 비록 다아크 공작의 힘을 줄이기 위한 방편이겠지만 지금으로서는 만 명의 병력을 지원해주는 것 이상의 도움이었다.

─그럼 건투를 빌겠네! 통신 아웃!

후웅! 파앗!

통신이 끝나고 이안은 족쇄가 풀린 지금 상황에서 어떻게 하면 더욱 효과적인 공략을 할 수 있을지에 대해 궁리했다.

"네 이놈! 지금 그걸 말이라고 하느냐! 이 금수만도 못한 놈!"

이안은 알렉세이 국방처장과의 통신을 끝내고 마동포를 사용할 궁리를 마친 후 부친이 비어홀트 남작의 집무실로 향했다. 입구에 다가가기도 전에 들려온 부친의 노성에 이안은 발걸음을 멈췄다.

"지금은 안 들어가시는 것이 낫겠습니다, 마스터!"

어빙 경은 딱딱하게 굳은 얼굴로 이안이 들어가는 것을 말렸다. 부친이 저렇게 화를 내는 경우는 지금껏 보지 못했던 이안이었기에 누가 왔는지 생각했다. 그러나 답은 오래가지 않아서 나왔다.

'형이 왔군.'

이제는 형이라고 부르기도 싫어진 사람이었나. 한 때는 가문의 모든 기대를 한 몸에 받았던 천재였던, 그리고 이안 자신의 롤모델이도 했던 바로 그 사람이었다.

"흥! 그깟 돈 좀 썼다고 이러시면 안 되죠, 아버지! 지금껏 저한테 해준게 뭐가 있다고 이깟일 가지고 저한테 욕을 하시는 겁니까? 네? 말 좀 해보시라구요! 다른 귀족가 자식들은 하룻밤에도 수백 골드씩 쓰고 다니는 건 아십니까?"

"뭐, 뭐라… 이… 이익!"

비어홀트 남작은 폭발할 듯한 분노로 말이 나오질 않았다. 둘째 아들인 이안은 자신의 힘으로 선조 렉시온님의 유진을 찾아서 마스터가 되어 돌아왔다. 그리고 가문의 누란의 위기를 혼자의 힘으로 해결해내고 잃었던 가문의 땅을 되찾기 위해서 전쟁을 수행하는 중이었다.

'그런데 큰 아들이라는 이놈은……'

당장에라도 검을 뽑아들고 목을 쳐버리고 싶었다. 이런 망종이 자신의 뒤를 이어 레이너 남작이 되어야 한다는 사실이 수치였다. 이전까지는 아들이기에 개차반 짓을 하더라도 참아 넘겼지만 이렇게까지 망가져 있을 줄은 몰랐었다.

'이안의 앞길을 막을 놈이다, 이놈은…….'

백작의 작위를 받은 이안으로 인해 과거 공작가였던 가문의 최전성기 때를 향해 가고 있는 상황이었다. 이안이 이대로 잃었던 땅을 되찾는다면 시밀로프 후작가가 가져간 후작의 작위도 되찾을 것이 분명했다.

'아무리 큰아들이라 하나… 이안의 앞길을 막는다면… 내가 치워야 한다. 내가!'

비어홀트 남작은 전쟁배상금을 가지고 대도시로 가서 난잡한 파티를 즐기고 돌아 온후 자신에게 오히려 큰소리를 치는 아이작에게 손가락질을 하며 고성을 내질렀다.

"너를 가문의 귀족명부에서 빼겠다. 나가라! 너는 더 이상 레이너라는 가문의 이름을 쓰지 못할 것이니!"

"아, 아버지?"

욕을 좀 먹을 거라는 것은 예상했었고 유약한 아버지의 성정을 건드려 그나마 줄여볼 생각으로 다른 가문 아들들의 이야기를 했던 아이작이었다. 그런데 그 말을 들은 부친 비어홀트가 가문에서 축출하겠다는 말을 하자 당황했다. 그러나 이내 비틀린 성정이 오기를 발동시켰다.

"흥! 나가라면 못 나갈 줄 압니까? 나갑니다. 이안 그 자식이 잘나간다고 하더니 이제 큰아들은 안중에도 없다 이거죠?

알겠습니다. 하! 잘 사십시오."

아이작은 분한 얼굴로 부친이 비어홀트 남작의 집무실 문을 발로 걷어차 부시듯이 밖으로 나왔다.

"어라! 이게 누구야? 그 잘난 이안 레이너 백작이시로구만. 좋겠어? 아버지의 사랑을 독차지하고 말이야."

빈정거리는 아이작의 말에 이안은 유령처럼 움직여 그의 복부를 걷어차버렸다.

"백작님이다, 너 따위 쓰레기보다 못한 평민이 또다시 반말을 지껄이면 즉참하겠다!"

"뭐, 뭐야? 이게 지금 형… 커헉!"

또다시 이안의 주먹이 아이작의 복부에 틀어박혔다. 컥컥거리며 쓰러진 아이작을 가리키며 어빙에게 말했다.

"지하감옥에 처넣도록 하세요. 평민 따위가 감히 백작인 나에게 욕설을 한 죄입니다."

"마, 마스터!"

"명을 따르세요. 영지전이 끝나면 채찍형 50대를 가하고 빈몸으로 영지에서 내쫓도록 하세요. 아시겠습니까?"

"마… 하아… 명을 따르겠습니다."

채찍형 50대는 인간의 몸으로 받아내기 어려운 형벌이었다. 형벌을 가하는 채찍은 가시가 박혀 있어서 한 대를 칠 때마다 살점이 떨어져 나간다. 50대를 맞는다면 일반적인 사람은 죽음을 당할 수밖에 없었다.

"끌고 가라!"

"충!"

이안의 명령에 대기하고 있던 영지병들은 꼴좋다는 눈빛으로 아이작을 노려본 후 끌고 나갔다.

"들어가도 되겠습니까?"

이안이 부친의 집무실 앞에 서서 말했다. 아이작으로 인해 문이 부서진 탓에 노크를 할 필요도 없었다.

"으음… 들어오너라."

의자에 몸을 기댄 채 몇 년은 늙어 보이는 얼굴로 맞이하는 부친을 보기가 무척이나 힘들었다.

"괜찮으세요?"

"하아… 내가 너무 오래 살았나 보구나. 이런 꼴을 보게 되다니 말이다."

"너무 낙심하지 마세요, 아버지."

"어쩌다가 네 형이 저런 꼴이 되었는지… 하늘이 다 원망스럽구나."

이안은 형인 아이작을 저대로 두고 볼 생각이 없었다. 강제로라도 정신 개조를 시켜서 어릴적 자신의 우상이었던 그때의 형으로 돌려놓을 생각이었다.

"아참! 내일 아침을 기해서 오트론 자작령으로 진군할 겁니다."

"응? 내일 아침에 말이냐?"

"네. 알렉세이 후작각하께서 연락을 주셨는데 시밀로프가 딴지를 걸었다가 오히려 쪽만 팔았다고 하더군요. 그리고 한 가지 선물도 주셨고 하니 시간을 지체할 이유가 없어졌습니다."

"그랬구나. 모든 것은 네 뜻대로 하거라. 어차피 이 아비는 뒷짐지고 구경만 하는 사람이니 말이다."

비어홀트 남작의 자괴감어린 발언이 이안의 가슴을 쓰리게 만들었다.

"아직 뒷짐지시려면 10년은 더 멀었습니다. 아버지도 렉시온 할아버지께서 남기신 검술을 익히도록 하세요. 그럼 제가 없더라도 그 누구도 가문을 위협하지 못할 겁니다."

"허허허! 그럴려나?"

"아무렴요."

이안이 하는 위로 아닌 위로에 비어홀트 남작은 아들이 보기 부끄럽지 않은 무언가를 갖춰야 하겠다는 의지를 되찾을 수 있었다.

"그래, 한 번 해보자꾸나."

힘을 되찾은 듯한 부친의 모습에 이안은 무거웠던 마음이 조금이나마 가벼워지는 것을 느꼈다.

"급보입니다! 급보!"

오트론 자작가의 회의실은 주요 수뇌부가 모두 모여 있었다. 이웃한 세 영지의 영주들까지 모인 탓에 비좁아 보일 지경인 곳으로 전령이 들이닥쳤다.

"고하라!"

"보고합니다! 이안 레이너 백작이 이끄는 병력 5천이 영지의 경계를 넘었습니다."

"으음……."

올게 왔다는 심정이었다. 어제 저녁에 온 마법 통신으로 이안이 독립여단의 병력을 임의대로 사용한 것이 아니라는 것이 밝혀졌었다. 그리고 국방처장이 발표한 독립여단의 무기소유 현황이 알려졌고 그 숫자를 넘어서는 무기는 독립여단의 소유가 아닌 이안 레이너 백작의 소유임을 발표했다.

'과연 막을 수 있을까?'

오트론 자작은 이안의 군대를 막을 수 있을지 생각해 보았다. 동북방의 맹주로 군림하던 헥토르 후작의 정예군을 박살낸 무기가 바로 마동포와 샤베른이었고 그것을 자유롭게 사용할 수 있게 된 이안이 아닌가. 그의 병력이 5천이라고 해도 그 무시무시한 무기들을 어떻게 막을지 걱정이었다.

"모두 들으셨으리라 생각하오. 해서 지금부터 레이너 백작을 막기 위해 출정을 할 것이오."

"레이너 백작의 군대를 막을 수 있겠습니까?"

세 영주 중에서 시밀로프 후작에 의해 남작의 작위를 받고 영주가 된 모드니 남작이 물었다. 남작가의 병력치고는 많은 2천의 병력을 이끌고 온 터라 나머지 영주들보다는 발언력이 가장 강했다.

"야전이라면 막을 수도 있다고 생각하오. 우리의 병력은 7천 이고 적병은 5천… 상대적으로 기사전력이 많은 우리가 뚫릴 이유는 없소이다."

네 가문에서 모은 기사들이 모두 200여 명에 달했다. 아무리 마스터인 이안이 있다지만 기사들로 차륜전을 펼친다면 충분히 버틸 수 있다. 그리고 역으로 적의 본진을 우회 공격하여 레이너 남작, 즉 이안의 부친을 사로잡는다면 일발역전도 가능했다.

"그리고 기병전력이 있으니 병사들의 싸움에서도 우위를 점할 가능성도 크지 않겠소?"

기병전력은 기간트가 등장한 이래 점점 유명무실한 전력으로 치부되고 있는 추세였다. 그렇다고 해도 일반 보병들을 상대로는 막강한 힘을 발휘하는 것이니 야전이라면 싸워볼 만했다.

"알겠습니다. 오트론 자작님께서 그리 말씀하시니 따르겠습니다."

"저 역시!"

나머지 영주들이 따르겠다고 하자 오트론 자작은 의자에서 힘차게 일어나며 외쳤다.

"우리의 승리를 위하여!"

"위하여!"

모든 영주들이 힘을 합하여 이안과 싸울 것을 결의했다. 그리고 이안이 병사를 이끌고 오고 있는 곳을 향해서 힘찬 진군을 해 나갔다.

7장

내가 돌아왔다

오트론 자작이 이끄는 영지연합군이 힘찬 진군을 거듭하여 이안의 병력이 넘어서고 있는 영지 경계로 집결했다. 자작령의 크기가 아무리 크다고 해도 하루 만에 주파할 수 있는 크기이기에 날이 저물어가는 시점에서 평원에서 마주하게 되었다.

"제법 많군."

이안은 독백하듯이 평원 저편의 군세를 지켜보았다. 어둑어둑해지는 시점에서 싸우는 것은 영지전에서 피해야 할 상황이었다. 왜냐하면 정정당당하게 힘겨루기로 싸우는 것이

명예롭다고 믿는 귀족들의 정서 때문이었다.

"주군, 전령이 오고 있습니다."

맥기의 말에 이안도 고개를 끄덕였다. 마스터인 그의 눈을 피할 수 있는 것은 없었고 맥기가 알아차리기 이전에 이미 기감으로 알고 있었다.

크히히힝!

백기를 들고 달려온 전령의 전투마가 힘찬 투레질을 하며 이안의 진영 앞에 멈춰 섰다.

"오트론 자작가의 기사 킨슬러다!"

"무슨 일인가?"

이안의 복장을 보고 킨슬러라고 밝힌 기사가 물어왔다.

"이안 폰 레이너 백작 각하이십니까?"

"그렇다."

"오트론 자작님의 서신입니다."

"가지고 오라."

이안의 말에 맥기가 나서서 킨슬러에게 서신을 받아왔다. 천천히 서신을 받아 펼쳐본 이안은 한쪽 입꼬리를 말아올리며 조소하듯이 말했다.

"후후! 왜 영지를 침범했냐고 묻다니 참 재미있는 놈이로구나."

이안의 말에 킨슬러의 얼굴에 은은한 분노가 어렸다. 자신의 주군인 오트론 자작을 비하하듯이 말하는 것에 참기 어려웠던 것이다.

"가서 전하거라. 하버 자작이 영지전을 신청할 때 오트론 자작가도 끼어들었거늘 이제 와서 발뺌을 하려면 늦었다고 말이다."

"하지만 그것은 하버 자작가의 도움 요청에 응한 것입니다. 이미 하버 자작가가 멸망한 상황에서 저희 오트론 자작가는 빠지겠다고 선언한 이후입니다."

"변명은 필요 없다. 가서 내일 아침 8시부터 싸우자고 전해라. 그 이전에 공격을 해도 넓은 아량으로 받아줄 것이니 그러려면 그렇게 하라고 전하고. 가라!"

"으음……."

"맥기!"

"예, 주군!"

"의자를 가지고 오라. 내 여기 앉아서 휴식을 취할 것이니."

"알겠습니다."

킨슬러를 무시해 버리는 이안의 행동에 당사자는 참혹한 심경을 감추지 못하고 말머리를 돌렸다. 그가 돌아가자 이안은 맥기에게 다시 명령을 내렸다.

"애들 편히 쉬도록 조치해."

"예? 그러다 야습이라도 해오면 곤란하지 않겠습니까?"

"절대 못 온다. 내가 여기 버티고 앉아 있는 이상은."

"아… 그렇게 조치하겠습니다."

맥기가 달려가자 이안은 오랜만에 전장의 한가운데 앉아 명상에 잠겼다. 기감을 넓게 열어둔 상태에서 하는 명상이라 조심스럽게 해야 하지만 적이 먼저 야습을 할 배짱은 없을 것이었다.

둥! 둥! 둥! 둥!

전투를 알리는 북소리가 너른 평원을 울렸다. 전통적인 영지전의 경우 한꺼번에 모여서 대규모 집단 전투를 벌이는 것이 보통이다보니 관계가 없는 영지들에서 온 참관단도 한쪽에 자리하고 싸움을 지켜보았다. 지난 하버 자작가의 싸움은 너무 일방적인 것이라 관전할 필요가 없었기에 참관단이 없었지만 지금은 상황이 달랐다. 무엇보다 마스터인 이안의 존재를 직접 목격하기 위해서 급히 말을 달려 온 이들도 꽤 있었다.

"맥기!"

"하명하십시오."

"마동포를 방렬하라!"

"추웅!"

지금까지 마동포를 담당했던 토리가 없으니 그 자리를 맥기에게 일임했다. 맥기 역시 몇 차례의 전투를 거듭하며 노련한 지휘관의 역량을 보여주고 있으니 충분히 자신의 몫을 해낼 것이었다.

"마동포 방렬!"

이안이 이번에 가지고 온 마동포는 모두 12기로 요새의 방어에 필요한 숫자를 제외한 것이었다. 지난 윈터폴 요새를 공취할 때 부서진 20여 기의 마동포가 무척이나 아쉬운 상황이었다.

'철환을 사용하는 것은 야전에서는 무용지물에 가깝고… 대규모 살상이 가능한 그런 무기가 필요한데…….'

에어블래스트 마법만을 사용하여 적을 타격하는 것도 상당히 좋은 방법이기는 했다. 그러나 그 마법을 사용하려면 적이 300미터 안으로 들어와야 한다는 전제조건이 붙었다.

'그의 기억에 어렴풋이 있는 그 폭발하는 포탄… 그걸 만드는 방법이 없을까?'

아직 이안은 화약이라는 것에 대해서 알지 못했다. 피의 전승을 통해서 얻은 이계인의 기억에는 그런 포탄이 있다는 것만 있었지 만드는 방법은 나오지 않은 탓이었다.

'철환의 안쪽을 비우고 그 안에 폭발하는 물질을 집어넣는 방식인 것은 알겠는데… 하아! 어렵군.'

이안은 그런 포탄을 만들어낼 수만 있다면 지금의 마동포를 이용해서 1킬로미터 밖에서도 적에게 대규모 타격을 입힐 수 있다는 것에 아쉬움을 느꼈다.

'가만! 폭발하는 것… 그것이 꼭 물질이어야 할 이유는 없지 않나? 그 이계인의 기억 속의 세상이 과학이라는 문명으로 이루어져 있다면 이 세상은 마법을 근간으로 이루어진 세상… 그것을 마법으로 채우면 그만이다!'

이안은 환희에 찬 표정이 되어갔다. 마법을 놔두고 너무 다른 쪽에서 힘을 채워 넣을 생각을 하다 보니 범한 오류를 이제야 제대로 된 길로 바로잡은 것이었다.

"주군! 적들이 진군을 시작합니다. 명령을!"

맥기가 외치는 소리에 상념에서 벗어난 이안은 환한 미소를 지으며 대답했다.

"8기의 마동포는 철환을 빼고 에어블래스트 마법으로 보병들을 노려라. 나머지 4기는 철환을 채워 넣고 대기하도록!"

"명!"

맥기는 이안의 명령이 뭔가 이상하다는 생각을 가졌지만 입 밖으로 꺼내놓지 않았다. 그가 그렇게 명령했을 때는 그만한 이유가 있을 거라는 믿음 때문이었다.

"제니스!"

"출전명령을 기다리고 있었습니다, 주군!"

제니스는 이안의 기사로서 행하는 공식적인 첫 전투였다. 국방성의 전폭적인 지원을 힘입은 이안이 마동포를 비롯한 후발대를 불러들이면서 온 탓에 어느 때보다 의욕이 앞선 모습이었다.

"중장보병의 지휘를 맡기겠다."

"추웅!"

이안의 병력은 노예병으로 전락하기는 했어도 6, 7, 8사단의 정예들이었다. 그중에서 7사단은 기병사단이고 6, 8사단은 보병사단으로 기본 무장이 중장갑 보병이었다.

"방패수 앞으로 뒤를 파이크병이 선다! 이열 횡대로!"

"와아아아!"

병사들은 기합을 터뜨리며 앞으로 나섰다. 방패병이 일렬로 서며 방패로 앞을 가리고 그 뒤를 파이크병이 서며 대오를 정비했다. 그러는 사이 적군은 오열 횡대로 늘어선 채 서서히 진군해 들어왔다.

'기병대가 움직이는군.'

적진을 살피고 있는 이안은 천여 명에 달하는 기병들이 적진의 우측으로 빠져나가는 것을 보았다. 평지라고는 하나 작은 언덕 정도는 있기 마련이고 그곳을 통해서 우회하여 배후를 노리려는 정형화된 기병전술이었다.

'기병이 전혀 없는 상황에서 어떻게 기병을 상대하느냐가

관건이겠군.'

보병이 기병을 막는 방법은 여러 가지가 있었다. 하지만 그 중 가장 보편적인 것이 5미터 정도의 긴 목창을 만들어 기병이 돌진해 올 때 막는 방법이었다. 이인 일조로 뒤쪽에서 목창을 받치는 사람과 앞에서 기병의 움직임에 맞춰서 움직이는 사람을 두는 방법으로 꽤 효율적인 방어법이었다.

'그러나 기병들이 사용하는 크로스보우로 인해서 제법 많은 희생을 치러야 하는 방법이지.'

이안은 부하들을 그런 식으로 적에게 잃고 싶은 생각은 추호도 없었다.

'스크롤을 미리 만들어 둘 것을 그랬군.'

파이어 볼 스크롤을 만들어 두었다면 병사들이 기병들의 돌격에 얼마든지 대응할 수 있을 것이었다. 그러나 그간 바쁘다는 핑계로 스크롤에 대해서 신경쓰지 않았던 것이 약간은 후회로 남았다.

'가만… 스크롤… 그래, 바로 그거야!'

이안은 기병을 상대할 방법을 생각하다 포탄을 강력하게 만들 수 있는 방법이 떠오르자 다시 한 번 환하게 웃을 수 있었다. 지금의 싸움에서는 사용할 수 없겠지만 다음번 전투에서는 그 누구보다 화려한 전투를 벌일 수 있는 방법이 생겨난 것에 만족해야 했다.

'기병은 별 수 없이 내가 상대해야 하려나?'

6클래스의 마법사는 파이어 스톰이나 아이스 스톰 같은 광범위 마법을 사용할 수 있는 전술병기나 다름없었다. 그런 마법을 사용하여 기병전력을 착실하게 피해를 가한다면 이곳으로 오기 전에 전멸시킬 수도 있을 것이었다.

"어빙 경!"

"예, 마스터!"

"어빙 경께서 전투를 지휘하도록 하세요. 나는 적 기병들을 막을 테니."

"기병대를 혼자서 말씀이십니까?"

어빙은 홀로 기병 전력을 막겠다는 이안의 말에 깜짝 놀랐다. 아무리 마스터가 대단한 존재이기는 해도 천여 명에 이르는 적 기병들을 혼자 막는다는 것은 어렵지 않을까하는 생각이었다.

"어빙 경에게 말은 하지 않았지만 나에게는 체이스 제국군에게서 빼앗은 라페스트가 있습니다. 상황이 어려워지면 기간트를 사용할 것이니 걱정하지 마세요."

"아! 그렇다면 안심입니다. 멋지게 싸우고 오십시오, 마스터! 허허허!"

어빙은 할아버지와 같은 인자한 미소를 지으며 이안의 선전을 기원했다. 그런 어빙에게 손을 흔들어 준 이안은 지휘소를 박차고 우측으로 우회하고 있을 기병대를 향해서 달려 나갔다.

'최대한 빠르게 정리하고 전장으로 돌아가야 한다!'

이안에게 주어진 시간은 그리 많지 않았다. 일단 적군에 기사전력이 월등한 관계로 전면전이 벌어질 때 자신이 없다면 자칫 한번에 붕괴될 위험성이 있었다.

타다다다닷!

마나를 다리로 흐르는 마나로드에서 뿜어내는 것으로 몇 배는 더 빨리 움직일 수 있다는 것을 지난번 퀼란 자작을 잡을 때 습득했었다. 그 이후 이안의 달리는 속도는 준마가 달리는 속도보다 배는 더 빠를 정도로 올라간 상태였다.

'이걸 어떤 식으로든 안정적으로 할 수 있는 방법도 연구해 봐야겠어.'

마나 소모가 상당히 심한 방법이었다. 아무런 기술 없이 그저 마나를 밀어내어 달리는 식이었으니 당연한 결과라 할 것이었다.

두두두두두두두두!

천여 기의 기병들이 언덕을 우회하여 달려오고 있었다. 그들의 선두가 이안이 마주쳐 달려가는 곳에서 채 100여 미터 정도 남았을 때에야 비로써 이안의 정체를 알아챘다.

"적이다! 그대로 밀어버려!"

아직 이안인지 모르는 기병들의 대장은 기사 하나가 달려오는 것이라 생각하여 그대로 밀어버리라고 명령했다. 그 말에 기병들은 렌스를 앞세운 채 이안을 향해서 계속해서 말을 몰아왔다.

'어리석은 놈들!'

적이 혼자일 때 그것이 더 무서운 것이라는 걸 간과한 기병 지휘관에게 이안은 조소를 날렸다.

'일단 큰 거 한방!'

기병들을 흩어놓는 것이 싸우기에 편리했다. 해서 선택한 마법이 파이어 스톰으로 강력한 불의 폭풍으로 50미터 남짓한 공간을 휩쓸어버리는 거였다.

"가랏! 파이어스톰!"

미리 마법을 메모라이즈 해놓은 탓에 별다른 캐스팅 없이 구동어만으로 마법을 날리는 것이 가능했다.

후우웅! 휘류류류류륭!

6클래스의 마법이 발현되자 그 시작되는 소리부터가 달랐다. 지면에서 일어난 화염이 소용돌이치며 거센 불의 폭풍이 만들어지고 그것이 사방을 휩쓸며 기병대를 향해서 밀려 나갔다.

"으헛! 피, 피해라!"

6클래스의 범위 마법 공격에 직면한 기병대장은 당황하여 말머리를 돌리려 했다. 그러나 뒤를 바짝 따라오고 있는 기병대로 인해서 방향을 트는 것조차 버거운 상황에 처해버렸다.

"양쪽으로 분열하여 회피하라! 회피!"

두두두두! 두두두두두두!

양쪽으로 나눠지며 피하기 시작한 기병대는 필사적으로 마법의 범위 밖으로 빠져나가기 위해 노력했다. 그러나 너무 가까운 거리에서 벌어진 공격인 탓에 채 몇 마리가 빠져나가기도 전에 파이어 스톰이 기병대를 덮쳤다.

화르르르르르륵!

"크헉!"

"사, 살려줘!"

비명을 지르며 죽어나가는 기병대의 전열은 금세 아수라장이 되어 사방으로 흩어졌다.

"빠져나가게 둘까보냐! 파이어 월! 파이어 월!"

이안은 파이어 스톰이 밀려나가는 양쪽으로 길게 화염의 장벽을 만들었다. 그곳을 통해서 빠져나가는 기병들을 원천봉쇄할 작정이었다.

화르릇! 화르르르르륵!

양쪽으로 길게 타오르는 2미터의 화염의 장벽이 생겨나자 기병대들은 아비규환의 장에 빠져 들어갔다. 앞으로는 파이어 스톰이 밀려오고 양쪽으로 피할 수 있던 길은 불의 장벽이 막아버린 상황이었다. 말은 미처 날뛰고 기병들은 패닉상태에 빠져 서로 부딪쳐 낙마하는 사태가 속출했다.

"나는 이안 레이너 백작이다! 물러가지 않는 자는 모두 죽는다!"

이안은 기병대를 쫓아내고 보병대가 충돌하고 있는 곳으로 갈 생각에 마나를 실어 외쳤다. 그의 말에 200여 명이 한번에 죽어나간 기병대는 파이어 스톰이 끝나기 무섭게 이안을 향해서 밀려들어왔다.

'크큭! 나를 잡으면 끝난다고 생각하는 것인가?'

기병대를 출전시키며 오트론 자작이 한 명령이 있었을 것이었다. 보병대의 허리를 끊고 전열을 흩고 이안 자신을 상대하라는 명령이었을 터였다.

'별 수 없지. 아군이 최대한 버텨주기를 바라는 수밖에……'

이안은 기병대가 끝까지 싸우기로 작정하고 달려들자 이를 앙다물고 그들을 향해서 달려갔다.

"매직 에로우! 매직 에로우!"

이안은 달려가면서 가장 간단하게 펼칠 수 있는 마법으로 원거리 공격을 가했다. 한번에 30여 개의 매직 에로우가 만들어지며 이안이 원하는 곳으로 날아갔다.

"헙! 빌어먹을……."

"크히히힝!"

매직 에로우가 노리는 것은 기병들이 아닌 그들이 타고 있는 말이었다. 말에서 떨어지면 달리는 속도에 의해서 기병들은 자연적으로 해결할 수 있으니 기병을 노릴 이유가 없었다.

퍼엉! 퍼퍼퍼퍼퍼펑!

한 번에 수십 마리의 전마들이 쓰러지며 바닥을 굴렀다. 그로인해서 기병들은 낙마하며 그대로 바닥에 부딪쳐 뼈가 부러지는 중상을 입어야 했다.

"매직 에로우! 가랏!"

2서클의 마법인 매직 에로우는 애초에 딜레이 타임이 없는 마법이었다. 마나만 무한하다면 구동어를 외치는 시간을 뺀 나머지 시간은 공격이 가능했다.

퍼퍼퍼퍼펑!

매직 에로우에 격중된 전마들이 비명을 지르면서 쓰러져 나갔다. 순식간에 100여필에 이르는 전마들이 쓰러지면서 뒤쪽에서 달려오던 기병들은 필사적으로 고삐를 틀어야 했다. 그게 아니라면 자신들에 의해서 쓰러진 아군이 죽어나갈 판이었다.

"죽어라!"

"렌스 차지!"

막대한 피해를 보고도 아수라장을 뚫고 나온 기병들 일부가 이안을 향해 렌스를 찔러 넣기 위해 공격을 가해왔다.

"트리플 슬래쉬!"

이안은 근거리에서 공격해 오는 기병들의 돌진 공격을 마주쳐 나가며 오러가 실린 검을 강하게 쳐냈다. 세 줄기의 오러가 허공중에서 교차하며 쏘아져 나가고 막아서는 모든 것들을 반으로 갈라놓았다.

"크로스보우를 날려라! 동료들이 막는 지금이 기회다!"

기병들은 죽어가고 있는 동료들이 만들어준 기회를 틈타 미리 장전되어 있는 크로스보우를 꺼내들고 이안을 겨눴다. 수백 명이 넘는 기병들이 일제히 크로스보우를 날리자 새까만 쿼렐이 이안 단 한 명을 노리고 매섭게 쇄도했다.

"하압! 오러실드!"

후웅! 지지지징!

오러로 이루어진 막이 이안의 몸 주위를 동그랗게 감쌌다. 그 위로 직격해 들어오는 쿼렐들은 부딪히는 그 순간 가루가 되어 소멸되어 버렸다.

"그 정도로는 어림도 없다!"

이안은 쿼렐 세례를 모두 막아내자 곧바로 지면을 강하게 걷어차며 적들을 향해 신형을 쇄도했다. 전투마보다 배는 더 빠를 것 같은 순간적인 움직임에 다가오던 적들이 놀라 멈칫

거려야 했다.

쉬익! 서걱! 슈카가각!

오러를 실어 횡으로 쓸어내는 기본적인 공격만으로 이안
은 적들을 도륙하기 시작했다. 채찍처럼 낭창낭창 휘어지듯
움직이는 오러는 방패로 막아도 소용없이 그대로 반으로 갈
라 버렸다.

"으으… 아군 때문에 크로스보우를 날릴 수도 없으
니……."

어차피 이안에 의해서 쓸려나가고 있는 사람들이라고는
해도 자신들의 편이었다. 그들이 싸우는 중에 쿼렐을 날릴 수
는 없었다. 자칫 아군의 공격에 의해서 죽어나갈 판이기 때문
이었다.

"이대로는 속수무책으로 당할 판입니다. 그러니……."

"퇴, 퇴각을 합시다."

영주들에게 충성을 다하는 것이 맞지만 목숨이 더 소중한
이들은 얼마든지 있었다. 용맹하게 돌격하여 이안의 손에 죽
어나간 이들에게는 미안하지만 살고 싶다는 막연한 감정으로
퇴각을 이야기했다.

"으득… 퇴각하라!"

기병대를 이끄는 지휘관은 퇴각을 명령했다. 이미 마법과
오러소드에 의해서 죽어나간 기병의 숫자가 절반은 넘었다.

게다가 지금도 일검에 서넛씩 죽는 판국이니 남은 절반도 5분 안에 정리될 것이었다.

"퇴각하라! 퇴각!"

"우우우우!"

기병들은 이안의 앞도적인 힘 앞에 치를 떨며 사방으로 도주하려 박차를 가했다. 그들이 도망가는 것에 이안은 마지막으로 마법 하나를 날려주고 본진으로 달려왔다.

"물러서지 마라! 방패로 막아!"

제니스는 이안을 대신하여 병력을 지휘하고 있었다. 그러나 100여 명이 넘는 기사들로 이루어진 적의 선봉에게 고전을 면치 못했다. 드워프제 강철 카이트실드가 아니었다면 벌써 진영이 망가지고 속절없이 쓸려나가고 있었을 것이었다.

"조금만 버텨라! 곧 주군께서 오신다!"

"합! 합! 합!"

방패를 온몸으로 지탱하며 강력한 힘을 발휘하는 기사들의 검을 막아냈다. 그 위로 파이크병들이 견제해 주지 않았다면 진즉에 목이 잘리든지 아니면 다리가 잘려나갔을 것이었다.

"뚫어라! 레이너 백작이 오기 전에 진영을 무너뜨려야 한다! 쳐라!"

"흐압! 부서져!"

기사들은 있는 힘을 다해서 방패병들이 들고 있는 카이트실드를 두들겼다. 세우면 성인 남성의 머리를 제외한 신체 전부를 가릴 수 있는 크기의 카이트실드는 그들의 공격 앞에 조금씩 깨지고 있었다.

"크흑!"

카이트실드가 갈라지며 기사의 마나소드가 갈라진 틈을 뚫고 들어왔다. 팔뚝이 거의 갈라지는 부상을 입은 병사는 신음을 흘리면서도 악착같이 버텼다. 자신이 무너지면 그 틈을 뚫고 기사들이 쏟아져 들어 올 것이다.

"부상자를 대체하라! 절대 뚫려서는 안 될 것이다!"

제니스는 사방에서 부상자가 속출하고 그 틈으로 기사들이 밀고 들어오려는 것에 악다구니를 썼다.

콰직! 콰아앙!

모닝스타를 휘두르는 기사의 강력한 힘 앞에 아무리 두꺼운 드워프제 카이트실드도 끝낸 부서져 나갔다.

"크하악!"

비명을 지르며 모닝스타에 맞은 병사가 쓰러지고 그 틈을 뚫고 기사들이 밀려들었다. 한번 전열이 무너지자 걷잡을 수 없이 구멍은 커지고 그곳으로 물밀 듯이 쏟아져 들어왔다.

"이놈들, 어림도 없다!"

창노한 노성을 터뜨리며 병사들을 도륙하는 기사들을 향해 쇄도해 들어가는 어빙의 검이 강력한 일격을 적기사들에게 쏟아냈다.

"흥! 늙은이가 혼자 용쓰는군!"

"쳐라! 타앗!"

어빙의 검술이 아무리 뛰어나다고 해도 중급의 익스퍼트에 불과했다. 제대로 된 마나연공법이 없는 한 그 이상으로 치고 올라가려면 원래부터 뛰어난 재질을 가지고 있거나 기연이 있어야 한다. 그게 아니라면 대부분의 기사들이 어빙과 같은 경지에서 멈추는 것이 상례였다.

카앙! 휘릭! 카카캉!

강한 힘으로 적기사의 검을 쳐내고 반원을 그리며 회전하여 다른 자를 공격하는 어빙의 몸놀림이 물 흐르듯이 유려하게 이어졌다.

"받아라! 이것이 레이너 가문의 브레이브소드다!"

어빙은 며칠 동안의 시간에 불과했지만 브레이브소드의 후반부 두 개의 초식을 연마했었다. 이안이 풀어놓은 것을 보고 훨씬 쉽게 습득한 덕분에 검식의 파탄은 일어나지 않았다.

"크읏!"

"레이너가의 검술에 이런 게 있었나?"

기사들은 레이너 가문의 검술에 공격 초식이 있다는 것에 놀라워했다. 이전에 수비의 레이너가문이라고 불리던 시절에는 방어에 특화된 검술로만 알려졌었던 탓이었다.

"빨리 치워버려! 시간이 없다!"

"옌!"

기사들은 단장의 불호령에 주춤했던 것에서 탈피하여 거세게 어빙을 몰아쳤다. 서너 명의 기사들이 동시에 어빙을 공격해 들어가자 아무리 뛰어난 실력을 가졌어도 손발이 어지러워질 수밖에 없었다. 계속해서 어빙이 밀려나가고 제니스 역시 같은 처지에 처해갔다.

"힘을 내라 적의 진영이 무너지기 일보직전이다. 더욱 거세게 몰아쳐라! 가랏!"

"우와아아아아!"

전투는 기세 싸움이고 기세에서 한 번 압도당한 이안의 군대는 점점 더 위축될 수밖에 없었다. 반대로 질 것을 생각하던 적군은 기사들의 분전에 기세를 올렸다.

'이대로는 위험하다. 주군께서 빨리 돌아오셔야 하는데… 하아!'

제니스는 최대한 분전하여 병사들을 독려했지만 기사들의 파상공세에 버텨내기가 쉽지 않았다.

─우우우우우!

절망적인 상황으로 흘러가려는 그 순간 기병대를 막기 위해 우측으로 빠져나갔었던 이안의 음성이 막강한 마나에 의해 전장을 뒤흔들었다.

─내가 돌아왔다! 모두 힘을 내어 적들을 주살하라!

"와아아아! 주군께서 돌아오셨다!"

"니들은 이제 다 주거써!"

노예병들은 이안의 복귀에 잃어가던 힘을 되찾고 용기백배하여 기사들을 향해 강력한 파이크질을 해댔다.

"이, 이놈들이!"

"감히! 죽여주마!"

기사들은 용기백배한 병사들이 악착같이 파이크로 찍어 내리며 공격하자 순간 당황했다. 그러나 기사가 괜히 기사가 아니라는 것을 보여주듯이 병사들의 파이크를 걷어내며 반격에 나섰다.

"매직 에로우! 매직 에로우! 매직 에로우!"

후웅! 슈슈슈슈슈슈슈슈슈슈슝!

한번에 서른 개가 넘는 매직 에로우가 생성되어 날아갔다. 캐스팅을 할 필요도 없이 구동어를 외우는 것만으로 이루어지는 공격은 순식간에 백단위가 넘는 마법의 화살을 만들어 내어 적들을 향해서 밀려들었다.

"마, 막아라!"

"피해!"

방패로 가리는 놈들부터 시작하여 어떻게든 피하려고 하는 자들이 속출했다. 그러나 움직이는 방향에 맞춰서 움직이는 마법의 화살이 그대로 적들을 타격했다.

"우우!"

"마, 말도 안 되는……."

마법사들이 귀하기는 해도 종종 보게 되는 것이 마법사들의 전투였다. 그런데 그 어떤 마법사도 이안처럼 저런 무지막지한 전투능력을 보여주지 못했다. 매직 에로우가 2클래스의 마법이라지만 수백 단위로 날아들면 그것은 기사가 아니라 마스터라고 해도 어려움을 겪을 것이었다.

'확실하게 전장을 휘어잡아야 한다. 그래야 조금이라도 더 많은 병력을 지켜낼 수 있다!'

병력은 더 끌어 올 수 없는 상황이었다. 독립여단의 병력이 8천 명으로 규정되어 있다고 해도 나머지 병력은 영지를 지키는 것에 투입해야 하기에 지금 데리고 온 5천이 사실상 끝이라고 봐야 했다.

'시밀로프 후작가와 싸우려면 적어도 2만 이상의 적과 싸워야 한다는 결론인데… 기간트를 사용한다!'

이안은 라피드가 아닌 체이스 제국에서 강탈한 라페스트로 전투를 끝낼 생각을 굳혔다.

"아공간 오픈! 라페스트 소환!"

후웅! 스스스스슷!

거대한 라페스트가 아공간에서 튀어나와 전장의 한 가운데 모습을 드러냈다. 그러자 놀란 적군은 라페스트의 등장에 전의를 상실했다.

"으으! 기, 기간트가……."

"마스터도 어려운 판에 기간트라니……."

기사들의 입에서도 절망어린 독백이 흘러나왔다. 기간트를 부수려면 적어도 오러를 다룰 줄 아는 마스터이거나 7클래스 이상의 마도사여야 가능했다. 그런데 솔저급도 아닌 워리어급 중에서 최상의 전투능력을 갖춘 라페스트의 등장은 최악의 상황으로 빠져 들어감을 의미했다.

"라페스트, 탑승!"

후웅! 스팟!

이안의 신형이 라페스트로 빨려들어가고 곧 파노라마 사이트가 켜지며 강렬한 광채가 거체에서 터져 나왔다.

―마스터의 탑승을 환영합니다.

"마나 코어, 온!"

―마나 코어 활성화! …80% 90% 100% 코어 온!

"동화율 체크!"

―동화율 체크를 시작하겠습니다. …80%, 90% …94% 동화율 체크 완료!

"94%라… 홋! 좋군. 기동을 시작한다."

—마스터의 뜻대로!

이안의 뜻대로 움직이기 시작한 라페스트가 적병들과 싸우고 있는 아군의 머리 위를 지났다. 그리고 거대한 기간트용 병기를 휘둘러 적군을 무침하게 학실해 나갔다.

8장

어쩌나 이제 너만 남았으니

　기간트의 등장은 전투의 향방을 한쪽으로 몰아버리는 힘
이 있었다. 당장에 적군은 라페스트가 휘두르는 기간트용 병
기에 당해 한 번에 십여 명씩 피곤죽이 되어 사방으로 비산했
다. 1분도 걸리지 않아 수백 명이 죽어나가니 기간트가 있는
지역은 무주공산이 되어갔다.

　"자, 자작님… 퇴각해야 하는 것이 아니겠습니까?"

　"맞습니다. 저건 체이스 제국의 라페스트 같은데… 저걸
막을 방법이 없습니다."

　시밀로프 후작가에서 지원한 기간트는 모두 하버 자작이

가지고 첫 전투에서 부서먹은 상황이었다. 기간트 전력이 없는 상황에서 상대방의 기간트가 등장하면 상황은 그걸로 끝이라고 봐야 했다. 기사들을 모아서 기간트를 상대로 시간을 버는 방법은 있겠으나 그것도 임시방편에 불과했다.

'어떻게 해서든 기간트를 부셔야 한다. 그게 아니라면 농성을 한다고 해도 방법이 없다.'

오트론 자작은 기간트를 부술 수 있는 방법을 강구했다. 그러나 지금 상황에서 기간트를 부수려면 기사들이 일제히 돌격하여 팔다리의 연결부위를 공격하는 수밖에 없었다.

"퇴각은 없다. 지금 저 기간트를 부수지 못한다면 성으로 퇴각해도 마찬가지가 될 뿐이다. 전 기사들은 나를 따르라!"

오트론 자작은 마나를 실어 외친 후 그대로 말을 몰아 이안이 타고 있는 라페스트를 향해 달려 나갔다.

"기간트의 관절부위를 공격하라! 움직이지 못하게 하면 우리의 승리다! 가자!"

"우오오오오!"

기사들은 두꺼운 강철 장갑이 덧씌워진 몸체가 아닌 다리 관절의 연결부를 타격하라는 명령에 해볼만 하다고 느꼈다.

"1, 2조는 우측을! 3, 4조는 좌측 다리를 공격한다. 워해머로 쳐라!"

"명!"

기사들은 검이 아닌 워해머와 모닝스타와 같은 중병기를 들고 이안의 라페스트를 공격했다. 민첩한 움직임으로 거체인 라페스트를 빙빙 돌다 뒤쪽으로 들어서면 재빨리 다리를 향해 워해머를 휘둘렀다.

'훗! 그럼 부술 수 있다고 생각했나?'

이안은 동화율이 94%에 이르러 거의 자신이 움직이는 것과 비슷하게 기간트를 움직일 수 있었다. 비록 라피드처럼 점프와 같은 동작은 어려웠지만 그 외에의 기본적인 공방에 필요한 동작은 빠르고 정교하게 펼칠 수 있었다.

"차앗! 부서져라!"

"관절을 부숴!"

기사들은 뒤쪽으로 달려들어 워해머로 다리의 관절부위를 있는 힘껏 타격하기 위해 풀스윙을 했다.

"브레이브소드 4식 사이클론소드!"

후웅! 휘리리리릿!

라페스트를 이용하여 브레이브소드의 검식을 펼쳐냈다. 완벽한 검식은 아니었지만 그런 대로 봐줄 만한 검식이 펼쳐지고 둥글게 원을 그리듯이 라페스트의 거검이 사방으로 뻗어나갔다.

"크헉!"

"기, 기간트로 오러를… 미친!"

기간트 라이더의 마스터라고 불리는 95% 동화율을 이룩한 자들이 사용하는 것이 바로 저 기간틱 오러였다. 기간트를 운용하는 상태에서 오러를 발할 수 있을 때에야 비로써 라이딩 마스터라고 불리우는 것이다.

─어리석은 것들! 모두 죽여주마!

이안은 하루살이와 같이 달려드는 기사들을 향해 거침없는 독설을 날리며 거검을 사정없이 휘둘렀다. 검식을 펼칠 때에야 오러가 만들어지는 것을 보면 아직은 동화율이 낮아서 그런 것임을 알 수 있었다.

부앙! 쎄쎄쎄쎄엑!

기사들의 민첩한 움직임을 능가하는 라페스트의 움직임 앞에 기사들의 공격은 무용지물로 변해 버렸다. 위해머로 휘둘러도 관절부위에 맞기는커녕 그전에 거검에 의해서 기사들이 시체로 변하여 사방으로 튕겨나가기 일쑤였다.

"괴, 괴물이다……."

기사들은 이제는 더욱 여유롭게 검식을 펼쳐내는 라페스트의 공세에 접근조차 어려워지자 사방으로 물러섰다.

"물러서지 마라! 이대로 물러서면 영원히 이길 수 없다. 공격! 공격하라!"

오트론 자작은 목청이 터져라 소리를 지르며 기사들에게 공격할 것을 명령했다. 그러나 이미 전의를 상실한 기사들은 주춤거리며 물러났고 그의 명령대로 기간트를 상대로 공격을 가하는 기사는 손에 꼽을 정도였다.

'으득! 별 수 없는가…….'

오트론 자작은 자신이 앞장서서 뭔가 한방 제대로 먹여야 분위기를 반전시킬 수 있겠다는 생각이 들었다. 그렇지 않으면 겁먹은 기사들이 전장을 이탈하는 사태가 올 것이었다.

"타앗!"

파핫! 휘이익!

마나를 사용하는 기사들이 중갑을 갖추고 뛰어 오를 수 있는 높이는 대략 2미터 언저리였다. 그 높이로 뛰어 올라 워해머를 휘둘러도 라페스트의 허벅지 부위를 가격하는 것에 그쳤다. 오트론 자작은 그 이상의 높이로 뛰어 올랐고 모든 마나를 실어 워해머로 기간트의 허리부위를 노렸다.

ㅡ고작 그따위 공격으로 기간트가 부서지겠는가?

이안은 날아드는 오트론 자작의 공격에 기간트의 거체를 반회전시키며 커다란 방패를 무기삼아 휘둘렀다.

부앙! 콰아앙!

강철로 이루어진 거대한 방패는 무게만 해도 2톤에 이르는 어마어마한 크기였다. 그런 방패가 횡으로 휘둘러지자 날아들던 오트론 자작의 몸은 굉음을 만들어내며 끈 떨어진 연처럼 날아갔다.

"크으… 으윽!"

온몸의 뼈가 다 으스러진 것같은 충격에 오트론 자작은 정신을 차릴 수 없었다.

"으으! 도망가자!"

"퇴각하라! 퇴각!"

최고 지휘자인 오트론 자작이 쓰러졌음에도 기사들은 더 이상의 저항은 무의미하다는 판단에 퇴각을 외쳤다. 이미 이안에 의해 기사들이 잡혀 있어서인지 전투는 패배로 기울어지고 있었다.

"으득!"

부러진 뼈로 인해 극악한 고통이 밀려들어도 어떻게든 일어서려고 오트론 자작은 발버둥을 쳤다. 그러나 부들부들 떨리는 몸체를 조금 일으키다 그대로 도로 주저않고 말았다.

─어쩌나? 이제 너 하나만 남았는데 말이야.

이안이 기간트를 탄 채 하는 말에 오트론 자작은 주위를 둘러보았다. 저 멀리 아군이 달아나고 있었고 그 뒤를 이안의 군대가 맹추격을 가하는 모습이 흐릿해지는 시야에 들어왔다.

"크윽… 죽여라……."

오트론 자작은 이미 패한 마당에 더 이상의 추한 꼴은 보이기 싫었다. 죽을 때 죽더라도 당당한 귀족으로서 적의 손에 죽기를 원했다.

"탑승 해제!"

―탑승을 해제합니다, 마스터!

후웅! 파앗!

이안이 라페스트에서 내려 오트론 자작의 앞에 섰다. 전신의 뼈가 부러지고 우그러지고 깨진 갑옷의 일부가 내부로 파고들어 장기까지 다친 그는 연신 피를 토하며 허우적거렸다.

"가만 있어라. 그렇게 하지 않아도 어차피 죽게 될 것이니."

이안은 오트론의 손에 들린 검을 쳐냈다. 혹시라도 발악하다 죽이게 되는 우를 범할 수는 없었다.

"큐어! 힐링! 힐링!"

연달아 치유마법을 걸어 오트론을 살린 이안은 나직한 목소리로 그에게 말했다.

"너는 이번 전투에서 죽은 것으로 처리될 것이다. 그래야 네놈의 영지를 가져올 수 있으니 말이다. 그럼!"

이안은 거의 대부분의 적병들을 포로로 잡은 뒤 돌아오고 있는 한스에게 손짓하여 오트론 자작을 따로 구금하도록 지시했다.

'이제 어떻게 할 생각인가? 시밀로프 후작……'

하버 자작에 이어 오트론 자작까지 패하여 영지를 모두 빼

앗겼다면 이제 남은 것은 시밀로프 후작뿐이었다. 영지전의
규칙은 영지전의 당사자를 제외하고 다른 곳에서는 끼어들
수 없었다. 오직 혈족만이 그 해당사항에서 제외되는 것이라
시밀로프 후작을 도와줄 인근의 영주는 없는 상황이었다.

콰앙!

테이블을 내려치는 시밀로프 후작의 얼굴에 분노의 기색
이 어렸다. 두 기의 기간트를 잃고 패한 하버 자작도 문제지
만 주위의 휘하 영주들을 이끌고 패해버린 오트론 자작으로
인해 곧장 시밀로프 후작령이 위험해진 탓이었다.

"이익……."

"고정하십시오, 각하!"

두 자작가의 패배로 인해서 시밀로프 후작령에 속한 봉신
가문들은 거의 씨가 마른 상황이었다. 몇몇 남작령이 남았지
만 그들로는 큰 힘이 될 수는 없었다.

"일단 모든 전력을 동원하여 레이너 가문의 병력이 북상하
는 것을 막아야 합니다. 그리고 다른 방법을 모색하는 것이
나을 것입니다."

참모의 말에 시밀로프 후작은 분노를 삭히며 입술을 질겅
깨물었다. 이안 레이너가 마스터라는 것이 밝혀진지 그리 오
래되지 않았지만 이미 왕국의 모든 사람들이 알고 있을 정도

였다. 그런 그와 싸우는 자신의 입지가 점점 좁아지고 있었다.

"주군! 다아크 공작가에서 메데프 총관이 왔습니다."

"메데프 총관이? 흠… 들라 하라!"

"예!"

잠시 후 문이 열리고 사십 대 중년인이 안으로 들어왔다. 옆에는 라이딩 슈트를 입고 있는 자가 따라왔는데 시밀로프 후작도 익히 알고 있는 자였다.

"오랜만입니다, 후작 각하!"

"오! 어서 오게. 연초에 있었던 시무식에서 보고 처음이니 근 일 년만이로구만."

"그러게 말입니다. 하하하!"

라이딩 슈트를 입은 이는 락토르 왕국에서 자랑하는 기간트 라이더로 아직 마스터급에는 오르지 못했지만 조만간 라이딩마스터에 오를 것이라 기대되는 자였다.

"하하! 이거 너무 네슬레 경만 환영하시는 거 아닙니까?"

"이런… 그럴 리가 있나. 메데프 총관도 반갑네."

시밀로프 후작은 두 사람이 온 것을 보고 다아크 공작이 이들을 보낸 뜻을 알 것 같았다. 한 사람은 다아크 공작가에서도 손에 꼽히는 실력자인 총관이었고 다른 한 사람은 왕실 마탑의 기간트 제작소에서 새로운 기종을 테스트하는 임무를 맡고 있는 라이딩의 귀재였다.

"여기 다아크 공작각하께서 보내시는 서신입니다."

"음, 이리 주게나."

시밀로프 후작이 다아크 공작이 보낸 서신을 받아 천천히 읽어 내렸다. 안에는 자신이 생각한 대로 이들을 은밀히 이용하여 영지전을 반드시 승리로 장식하라는 내용이었다.

"그래, 얼마나 데리고 왔나?"

"일단 붉은 사자 기사단과 젤러스 10대입니다."

젤러스 10대라는 것은 다아크 공작이 빼돌려놓은 기간트의 거의 절반에 해당하는 숫자였다. 그 정도의 숫자를 지원한다는 것은 이번 영지전을 반드시 이겨야 한다는 뜻이었다.

"비밀이 지켜질까 모르겠군."

젤러스 10대가 투입되는 싸움이라면 소문이 무성할 것이었다. 그렇게 되면 다아크 공작가가 개입했다는 사실이 알려질 것이고 그가 비밀리에 가지고 있는 젤러스의 숫자도 밝혀지게 되어 있었다.

"휘하의 부하들이야 통제하면 그만이고… 문제는 상대를 모두 지워야 합니다."

"그거야 네슬레 경이 알아서 하게."

"크크크! 맡겨주십시오."

네슬레는 자신과 휘하의 라이더들이라면 절대지지 않을

거라 믿었다. 다아크 공작이 전해 준 정보에 의하면 이안이
가진 기간트는 체이스 제국의 라페스트 한기에 불과했다.

'고작 한 대의 라페스트에 진다면… 라이더라고 불리는 것
도 수치다!'

강한 자신감을 내보이는 네슬레를 보며 시밀로프 후작도
마음이 놓였다. 지금 북상하고 있는 이안의 군대와 정면 격돌
을 해도 될 거라는 안도감에 입가에 절로 미소가 번졌다.

"아참! 그리고 공작각하께서 이 말을 전하라 하셨습니다."

"어떤 말을 말인가?"

"며칠 지나지 않아서 헥토르의 반군이 독립여단을 치게 될
거라고 말입니다. 이안 레이너 백작은 휴가가 취소되고 곧바
로 전선으로 돌아가야 할 겁니다. 그러니 그전에 승부를 보든
지 그가 돌아간 다음에 레이너 가문을 치든지 선택하시라고
말입니다."

"아… 무슨 말인지 알겠네. <u>흐흐흐흐</u>!"

시밀로프 후작은 다아크 공작이 헥토르와 무슨 물밑 교섭
을 했음을 알 수 있었다. 그리고 그 결과에 따라 이안은 이 영
지전에 끼어들고 싶어도 끼어들 수 없는 상황에 처할 거라는
의미였다.

"일단 제게 맡겨주십시오. 제가 질거라는 생각은 하지 않
으니 말입니다."

네슬레가 하는 장담에 시밀로프 후작은 기꺼운 웃음을 터뜨리며 대답했다.

"흐흐흐! 그렇게 하게나. 첫 전투는 내 자네에게 맡기도록 하겠네. 으하하하하!"

시밀로프 후작은 애송이 이안이 이 덫을 어떻게 빠져나갈지 그것이 궁금해졌다. 절대 빠져나갈 수 없는 다아크 공작이 만들어 놓은 덫을 말이었다.

"으득… 내가 어쩌다 이런 치욕스런 상황까지 떨어졌단 말인가… 크흑!"

헥토르 후작은 2군단으로부터 비밀리에 전해진 서신을 보고 이를 갈았다. 그 안에는 퇴로를 열어줄 것이니 요새를 버리고 체이스 제국으로 망명하라는 내용이 적혀 있었다.

"빠드득!"

그리고 마지막 줄에 적힌 내용이 그를 분노하게 만들었다. 바로 이안의 독립여단이 있는 헬카이드 산맥의 요새를 공격하라는 내용이었다.

"군단장님, 사실상 패배한 상황입니다. 이렇게라도 퇴로가 열린 것이 다행이라 여기십시오."

스벤든 소장의 말에 헥토르 후작은 광기 어린 얼굴로 서신을 와락 움켜쥐었다.

"아네. 나도 알아! 이게 모두 그 이안 레이너… 그 개자식 때문임을 왜 모르겠나!"

헥토르의 분노는 오로지 이안에게 쏠려 있었다. 그가 아니었다면 이번 반란은 성공을 했어도 한참 전에 했었을 것이었다. 80대에 가까운 기간트가 이안의 부대에 의해서 파괴되는 바람에 전력에서 밀려 이곳 요새까지 쫓기듯이 들어와 농성을 하고 있었기 때문이었다.

"어떻게 하시겠습니까? 저는 다아크 공작의 말을 따르는 것이 낫다고 생각합니다만."

독립여단을 쓸어버리고 그들이 가지고 있는 마동포의 제작기술을 탈취하는 것이 최선이었다. 그걸 가지고 체이스 제국으로 넘어간다면 공작까지는 힘들어도 지금의 작위는 유지할 수 있을 것이었다. 그리고 그에 걸맞는 재물과 영지도 얻어낼 수 있었다.

"지금 상황에서 별 수 없겠지. 레마겐에게 특사를 보내도록!"

"충! 명을 받들겠습니다. 각하!"

스벤든 소장은 헥토르 후작이 다아크 공작의 제안을 받아들이자 마음이 놓였다. 반란을 일으킬 때 이미 가족들은 체이스 제국으로 보내놓은 상태였다. 이 제안대로 일을 처리하고 체이스 제국으로 넘어간다면 작은 영지 하나 받아서 노후는 편안하게 보낼 수 있을 것이었다.

뾰로로롱!

작은 새 한 마리가 새장으로 내려와 영롱한 울음소리를 토해냈다. 그러자 서류를 정리하는 것에 정신이 없던 티모시는 고개를 들어 새에게로 시선을 돌렸다.

"이런… 바빠서 네가 온 줄도 몰랐구나. 어디 보자."

새의 발목에 묶여 있는 작은 통에서 쪽지를 꺼낸 티모시는 암호문으로 적혀 있는 내용을 빠르게 읽어 내렸다. 점점 표정이 구겨지는 티모시는 자신의 선에서 처리할 수 없는 문제라 급히 밖으로 뛰어 나갔다.

"맥컬리! 맥컬리 어디있냐?"

대령이 된 이후 각자의 집무실을 갖게 된 친구들은 거의 하루 종일 그곳에서 서류와 씨름해야 했다. 독립여단의 일도 처리해야 했지만 무엇보다 중요한 일과는 이안의 영지성을 건설하는데 필요한 일처리였다.

"끄응! 나 여기 있다. 무슨 일인데 그리 호들갑이야?"

맥컬리는 퀭해진 눈을 부비며 집무실에서 걸어 나왔다. 며칠 동안 서류와 씨름한 덕분에 눈가에는 짙은 다크서클이 만들어진 상태였다.

"큰일 났다."

"큰일? 무슨 일이라도 터진 거냐?"

"헥토르 후작군이 북상하고 있단다. 우리 요새가 목표고."

"뭐? 그, 그게 말이 돼?"

"말이 되니까 이렇게 날아온 거 아니겠냐."

"끄응……."

이안이 없는 상태에서 헥토르의 반군이 대거 북상하고 있다는 소식은 청천벽력같은 소리였다. 핵심 전력이라고 할 수 있는 이안이 없고 그가 이끌고 간 노예병이 5천이었다. 그 전력이 빠진 상태에서 헥토르의 반군과 맞붙는다면 필패라고해도 무방할 것이었다.

"아무래도 이안을 불러야겠다."

"이안을? 지금 한창 영지전을 하고 있을 텐데… 괜찮을까?"

"독립여단이 날아가면 이안도 무사하지 못해. 일단은 살고봐야지."

"그건 그렇다만……."

이안이 목에 힘을 주고 왕자에게 떵떵거릴 수 있었던 힘이바로 강철의 모루 일족이 만드는 마동포에 있었다. 그걸 헥토르 후작에게 빼앗긴다면 이안이 아무리 마스터라고 해도 무사하지 못할 것이었다.

"일단 묻고 보자고. 독립여단의 여단장은 이안이니까."

"그러자, 그래."

두 친구는 나머지 두 명의 친구를 찾아 이안이 주고 간 마법 통신구를 꺼냈다. 레이첼의 마법진으로 만들어진 마법 통신구는 아무리 멀어도 이안과 연락하는 것이 가능한 최고 성능의 물건이었다.

징! 징! 지잉!

마법 통신구에 진동이 일어나고 어서 연락을 받으라고 신호를 보내왔다. 이안은 갑작스런 마법 통신에 의아했지만 일단 마력을 주입하여 연락을 받았다.

"통신 개방!"

후웅! 지이잉!

통신구에 연락을 넣은 상대방의 얼굴이 보였다. 반가운 친구들의 얼굴에 이안은 활짝 미소를 지으며 말했다.

"너희들이 어쩐 일이냐? 연락을 다 주고. 후후후!"

─이안, 웃고 있을 때가 아니야.

"응? 무슨 일이 있는 거냐?"

─헥토르 후작이 요새를 버리고 북상하고 있다. 목표는 헬 카이드의 배꼽이고…….

"뭐? 이런…….."

이안은 헥토르 후작이 마지막 발악을 하는 시간을 적어도 한 달은 있어야 할 거라고 판단했었다. 그런데 지금 북상을 한다는 것은 뭔가 숨겨진 흉계가 있다는 것을 직감했다.

"2군단은? 그놈들은 뭐하고 있는지 알고 있냐?"

─레마겐 후작이 2군단장 자리에서 보직해임된 건 너도 알지?

"그거야 알고 있지."

─다아크 공작이 힘을 썼는지 도로 2군단장으로 돌아왔다. 그놈이 헥토르 반군에 대한 공격을 늦추는 거 같다.

"다아크 공작… 으득!"

이안은 다아크 공작이 자신에게 태클을 거는 이유를 너무나도 잘 알고 있었다. 이번에 헥토르의 반군이 북상하는 것도 이번 영지전과 연관되어 있을 공산이 컸다.

─지금 밀정들의 보고에 의하면 2군단하고 4군단은 요새를 정리하고 있다는 소식이다. 아예 헥토르의 뒤를 쫓지 않을 모양인가 보더라고.

다아크 공작이 며칠 동안 군대를 움직이지 못하도록 지시를 한 것이 틀림없었다. 그게 아니라면 4군단도 안 움직일 이유가 없지 않은가.

'어찌한다… 이대로 영지전을 하도록 놔둘 다아크 공작이 아닐 터! 그렇다고 가족을 버리고 갈 수도 없는 노릇이 아닌가……'

진정한 진퇴양난이 이런 것임을 인생을 살면서 처음으로 맛보는 것이었다. 어느 것 하나 버릴 수 없는, 그리고 버려서도 안 되는 중요한 존재들이었다.

"헥토르의 반군이 요새까지 오는데 얼마나 걸릴 거 같아?"

—대략 닷새 정도 걸릴 거다. 남은 반군을 죄다 몰고 오고 있다니 하루 행군 40km로 잡고… 대략 그 정도?

닷새라는 시간이 남은 셈이었다. 그 안에 시밀로프가를 박살내고 요새로 귀환하면 되는 것이다. 만약이라도 시밀로프 후작이 이안이 귀환할 때까지 버틴다면 곤란한 지경에 처하겠지만 그건 그 나름대로 방안을 찾으면 될 듯도 싶었다.

—어떻게 할래?

"일단 귀환 명령이 떨어질 테니 헥토르가 도착하기 전까지는 돌아가마. 최대한 버티도록 해봐."

—끙! 그게 쉽게 되겠냐. 어쨌든 알았으니까 빨리 돌아오기나 해.

"그래, 나중에 보자."

이안은 통신을 끊고 대형군막 중에 대회의실로 사용하는 곳으로 부친인 비어홀트 남작이 어빙 경등과 함께 영지통합을 진두지휘하고 있었다.

"바쁘신가 보네요."

"아! 어서 오너라."

비어홀트 남작은 하버 자작의 영지와 이번에 빼앗은 오트론 자작의 영지까지 합쳐서 예전 가문이 잃어버린 땅의 절반은 되찾은 덕분인지 얼굴이 활짝 펴있었다.

"어렵기는 하지만 그래서 더 재미있구나. 허허허!"

산골까지 쫓겨 들어갔을 때가 엊그제 같을 비어홀트 남작이었다. 그런데 이제는 잃은 땅을 되찾고 그 땅을 영지화하려니 정신이 하나도 없었다. 그러나 그것이 흥이 겨운지 힘든지 모르고 일에 몰두하고 있었다.

"아무래도 다아크 공작이 야료를 부리는 거 같습니다."

"다아크 공작이? 무슨 일이 있는 게냐?"

다아크 공작이라는 말에 비어홀트 남작은 깜짝 놀랐다. 왕국의 실세이며 국왕의 대리인이라고 불리는 이가 다아크 공작이었다. 그런 그가 움직였다면 결코 쉽게 볼 만한 상황은 아닐 것이었다.

"헥토르 반군이 요새로 북상중이라고 연락이 왔습니다. 조만간 요새로 복귀하라는 명령이 떨어질 겁니다."

"으음……."

지금 상황에서 이안이 빠진다면 영지전은 100% 시밀로프후작가의 승리가 될 것이다. 그렇게 되면 애써 빼앗은 영지들은 모두 저들에게 다시 넘어갈 것이고 남은 남작령마저 위험한 상황이 되어 버린다.

"방법이 있겠느냐?"

"지금 취할 수 있는 방법은 시밀로프 후작가가 공격하지 못하도록 전력을 최대한 깎아놓는 방법뿐입니다. 그게 아니라면 그의 목을 취하는 것도 방법이겠죠."

이안이 홀로 시밀로프 후작가로 잠입하여 그의 목을 따버린다면 적들은 우두머리를 잃고 우왕좌왕할 것이다. 그렇게 되면 이안이 헥토르 반군을 격퇴할 때까지 시간을 벌 수 있었다.

"그것은 좀 아닌 거 같구나."

여전히 무른 아버지의 성향이 드러나는 대답이었다. 귀족적인 방법, 그리고 귀족적인 행동을 해야 한다고 믿는 아버지를 보며 이안은 핏 하고 웃고 말았다.

'훗! 그게 아버지다운 모습일 겁니다. 좋은 귀족다운 모습……'

좋은 귀족이라는 것이 어떤 모습인지 이안은 아직 갈피를 잡지 못했다. 남들에게 나쁜 놈 소리를 들어도 자기 영지민들을 잘 먹이고 잘 살게 하는 것이 좋은 귀족이 아닐까 하는 막연한 생각을 하고 있었다.

"일단 최대한 타격을 줘서 시밀로프 후작가가 경거망동하지 못하게 하는 방향으로 작전을 짜보겠습니다."

"그래… 그렇게 하거라."

비어홀트 남작의 눈빛이 풀리는 것을 본 이안은 곧 막사를 나서서 시밀로프 후작령으로 홀로 잠입하려는 생각을 할 때였다.

"주군! 주군, 여기 계십니까?"

막사 밖에서 자신을 찾는 제니스의 음성에 이안이 대답했다.

"안으로 들어오게."

"네, 주군!"

막사의 문이 열리고 안으로 들어 온 제니스의 얼굴은 상당히 흥분한 기색이었다.

"무슨 일이 있나?"

"그게… 젤러스 10대가 남하하고 있다는 샐리님의 전언이 도착했습니다."

"뭐? 젤러스 10대? 허… 이거야 원."

젤러스 10대는 공작가라고 해도 간신히 가지고 있을 만한 숫자였다. 왕국에서 철저하게 통제를 가하는 터라 그 정도도 어려워야 정상인데 시밀로프 후작가가 그 숫자를 동원했다고 하니 믿기 어려웠다.

'아니지… 오히려 잘 된 일이다. 젤러스를 빼앗아서 내가 써먹을 수 있으니 말이야.'

이안은 오랜만에 라피드를 사용하여 젤러스 10기를 빼앗을 생각을 가졌다. 라피드를 타고 움직인다면 오러를 사용하여 라이더들만 죽일 수 있었다. 부서진 부분이야 강철의 모루 일족에게 맡긴다면 얼마든지 수리할 수 있으니 이번 헥토르 반군의 북상에 대비한 전력으로도 사용할 수 있을 것이었다.

'훗! 하늘이 돕는군. 좋았어, 시밀로프 후작!'

이안은 젤러스를 몰고 희희낙락거리며 내려오고 있을 시밀로프 후작가의 라이더들을 향해 싸늘한 조소를 날렸다. 10대라는 기간트 숫자가 자신들을 지켜주지는 못할 것임을 뼈저리게 각인시켜 줄 생각이었다.

9장

고마워, 잘 쓰도록 하지

이안은 시밀로프 후작령으로 접어들었다. 오트론 자작령
이었던 곳은 이미 비어홀트 남작이 장악했고 포로로 잡은 병
사들을 상대로 회유작업이 진행되는 시점이었다.

파파파파팟!

순식간에 사오 미터씩 건너뛰듯이 달리는 이안의 움직임
은 숲길을 제집처럼 누비며 쾌속으로 전진했다.

'접경지역에서 50km 떨어진 곳에서 발견했다고 했으니 곧
나타날 때가 됐는데······.'

기간트캐러밴을 이용해서 움직여야 하는 기간트는 인구

백만에 달하는 시밀로프 후작령을 한나절이면 관통할 수 있었다. 그러나 다른 사람들에게 들키지 않기 위해서 최대한 조심스럽게 움직이는 터라 이제야 접경 지역에 도달할 것이었다.

'확실히 정보길드가 대단하기는 내단해. 시밀로프 후작령의 움직임을 알아내서 보고할 정도라니.'

샐리의 정보길드는 이제 겨우 왕성에서 자리를 잡은 상태였다. 그래도·그 선대가 다른 정보길드들과 맺어놓은 관계에서 나오는 것이 상당했다. 지금도 그 관계의 힘이 이렇게 정보라는 것으로 나타난 것이었다.

'오트론 자작령으로 넘어가는 길은 이곳이 유일하다. 나머지는 산길을 넘어야 하니 기간트캐러밴으로 이동하는 것은 무리!'

길이 하나밖에 없다는 것은 영주들이 일부러 그렇게 만들었다. 방어에 유리해야 하고 유민이나 기타 영지민들의 이탈을 막기 위해서였다.

쿠르르르릉!

멀리서 들려오는 기간트캐러밴의 이동음에 이안은 숲길을 거의 빠져나오던 시점에서 멈춰섰다.

'오는군.'

기간트캐러밴을 급습하여 적 기간트 라이더들이 탑승하지

못하게 한 상황에서 빼앗는 것이 최선이었다. 물론 그런 상황
이 온다고 해도 몇 대는 막지 못할 것이고 기간트 대전을 벌
여야 했다.

'적어도 4대는 완벽한 상태에서 빼앗을 수 있지. 그것만 해
도 충분하다.'

지금 요새에 비치된 것은 쥘베른 4기와 샤베른들이 전부였
다. 1:1로 기간트 대전을 벌일 수 있는 워리어급 이상의 기간
트는 전무한 실정이었으니 한 대라도 더 멀쩡한 기간트를 빼
앗는 것이 유리했다.

'어디 어떤 놈들이 왔는지 지켜볼까?'

나무 위로 올라가 기척을 지운 이안은 기간트캐러밴이 접
근할 때까지 미동도 없이 움직임을 지켜보았다.

'음… 기사단만 200여 명이라… 설마 다아크 공작의 기사
단이 끼어든 것인가?'

시밀로프 후작가의 기사단도 상당한 강한 전력을 갖추었
다고 알려져 있었다. 그러나 중급 이상의 기사들로만 이루어
진 200명 규모의 기사단은 공작가의 기사단이거나 근위기사
들만이 가능했다.

'침입하는 것은 상당히 어렵겠네.'

200명에 달하는 중급의 기사들이 이중 삼중으로 포위하듯
이 경호하는 기간트캐러밴으로 잠입하는 것은 제아무리 마스

터라고 해도 어려운 일이었다. 특히 마법사들도 10여 명이 캐러밴에 두어 명씩 탑승하고 있어서 잠입은 원천적으로 봉쇄하겠다는 의지가 강해 보였다.

"이제 곧 접경지역입니다. 이쯤에서 쉬었다 가시죠."

선두의 캐러밴의 타고 있는 라이딩 슈트를 걸친 자가 외치는 소리에 기사단을 이끄는 중년의 기사가 손을 들어 정지 신호를 보냈다.

"모두 정지하라! 여기서 쉬었다 간다!"

해가 중천에 떠있는 상황이니 점심도 해결하고 다시 길을 나서야 할 것으로 보였다. 부산하게 움직이는 일반 병사들과 기사들의 종자들은 약식으로 준비한 전투식량을 기사들에게 가져다주느라 분주했다.

'흠… 어떻게 한다?'

기사단이 보호하는 기간트 10대라면 아무리 이안이 마스터라고 해도 당할 수 있었다. 특히 마법사들의 원거리 지원까지 겹쳐지면 타격을 입는 것은 필연적인 것이었다.

'가만… 울리치 전투에서 써먹은 전법을 여기서 쓰면 되겠는데?'

이안은 200년 전에 있었던 울리치 전투라는 유명한 보급품 탈취 전투를 떠올렸다. 체이스 제국과 로크 제국의 전면전이 있었고 그때 로크 제국은 울리치라는 곳에서 마법 트랩으로 보급대를 전멸시키는 전과를 올렸었다. 용병 5개 사단에게 가는 급여와 식량, 그리고 보급물자를 수송하는 것을 털어버린 그 작전으로 용병대의 대대적인 이탈이 이루어졌었다.

'트랩을 깐다…… . 3분! 정확히 3분만 기사들이 캐러밴으로 접근하지 못하게 막으면 나의 승리다!'

이안은 캐러밴 안의 기간트를 탈취하고 난 후 싸울 생각이었다. 아공간 가방에 담을 수 있는 기간트의 숫자는 4대, 그걸 빼돌리고 빠져나가 라피드를 소환해서 적들을 도륙하면 그만이었다.

"꺼윽! 배도 부르고 무지 졸리네."

"나도 졸려서 죽겠네. 흐흐흐!"

캐러밴의 조종석 바로 뒤에 만들어진 탑승석에 앉아 있는 두 명의 마법사들은 졸린 눈을 부비며 농담으로 졸음을 쫓았다. 식후에 밀려오는 포만감과 그에 따른 나른한 느낌은 한적한 숲길을 뚫고 만들어진 관도를 달리는 것이라 더한 졸음이 밀려드는 것 같았다.

"스탠 마법사, 레이너 백작이 마검사라고 하니 졸지 말고 잘 살펴야 할 거요."

"흐흐흐! 걱정 마시오. 내 두 눈 부릅뜨고 지킬 것이니."

기사들도 마나에 민감했지만 마법사와는 그 차원이 달랐

다. 같은 마나가 유동을 해도 기사는 1 정도의 느낌을 받지만 마법사는 서너 배는 더 되는 유동을 느끼는 존재였다.

"응… 뭔가 이상한데…….."

한 마법사가 하는 말에 옆의 마법사는 귀를 후비며 물었다.

"뭐가 이상하다는 거야?"

"앞쪽을 잘 살펴봐."

"앞쪽? 어디 보자…….."

마나의 흐름을 쫓아가며 이상이 있는지 살폈다. 그러나 약간의 마나가 뭉쳐 있는 듯한 느낌은 들었지만 위험하다고 할 정도는 아니었다. 저 정도의 마나라면 기껏해야 매직 에로우나 만들어서 날리는 것이 전부일 것이었다.

"에이! 저 정도 마나로 뭐할 거 있다고 신경을 쓰고 그래? 가끔 마나가 흩어지지 않고 뭉치는 현상도 있다니까 신경 쓰지 말라고."

"그, 그럴까?"

"아무렴."

동료 마법사가 아무렇지도 않게 대답하는 것에 그럴 수도 있겠다는 생각에 신경을 꺼버렸다. 결과적으로 이상을 발견할 수 있는 기회를 날려버린 두 사람은 다시 풍경을 감상하며 두런두런 이야기를 나눴다.

'20미터만 더 와라. 그때는 지옥이 뭔지 보게 될 것이

니…….'

이안은 자신이 만들어 놓은 마법진 위로 적들이 다가오는 것을 기다렸다. 이미 선두의 기간트캐러밴은 지나쳤고 두 번째가 마법진 위로 들어서려고 하고 있었다.

"마법진 발동! 화염이여 일어나라! 멀티 파이어 월! 폭발하라 플레임 스트라이크!"

후우우웅! 콰콰콰콰콰콰쾅!

대지를 진동시키며 폭발하는 마법진으로 인해서 순간적으로 수천도가 넘는 화염이 숲을 뚫고 만들어진 관도를 뒤덮었다.

"크아아악!"

"피, 피해라! 적의 공격이다!"

"어디냐! 적을 찾아라! 으허억!"

기사들은 갑작스런 마법공격에 정신을 차릴 수 없었다. 특히 화염에 휩싸인 두 대의 기간트캐러밴은 접근조차 하기 어려울 정도로 열기에 휘감겨 있었다.

휘릭! 쎄에에엑!

나무에서 뛰어내리는 속도를 더해 민첩하게 불속으로 파고드는 이안은 오러의 막으로 화염을 막으며 기간트캐러밴 위로 올라섰다.

'다 죽었군.'

한 방에 마법사들과 기간트캐러밴을 조종하는 자들이 죽어 있었다. 화염에 휩싸여 녹아버린 피부로 인해서 보는 것이 끔찍할 정도로 변한 시체들이었다.

"아공간 입고! …입고!"

캐러밴에 실린 젤러스를 아공간으로 집어넣은 이안은 끔찍한 열기를 뚫고 두 번째 캐러밴으로 이동했다.

"저기다! 저기 뭔가 움직였다."

"으득! 마법사들은 뭐하는가! 어서 저 화염을 끄도록 하라!"

붉은 사자 기사단의 단장이자 최상급의 익스퍼트에 도달한 기사인 베르먼 자작은 버럭 소리를 지르며 살아남은 마법사들을 닦달했다. 그들이 마나의 유동을 제대로 감지만 했어도 이런 피해를 입지는 않을 거라는 생각에 분노를 터뜨리는 것이었다.

"워터볼!"

"워터볼!"

가장 하급의 물 계열 마법으로 5클래스의 화염 마법이 꺼질 리 만무했다. 워터 볼을 아무리 때려 부어도 화염은 잠시 주춤거릴 뿐 도로 기세 좋게 일어나며 캐러밴을 불살랐다.

'좋아! 4대 다 빼돌렸고…….'

이안은 한 대의 젤러스를 빼돌리지 못하는 것이 아쉬웠지만 가지고 갈 수 없으니 일단 나중을 기약하기로 했다.

—비켜라!

—캐러밴에서 물러서!

뒤쪽에서 따라오던 기간트캐러밴에서 내린 젤러스들이 쿵쾅거리며 달려왔다. 화염으로 인해 접근조차 어려운 곳으로 기간트를 몰아오는 그들은 캐러밴의 장갑을 부수며 그 안에 있는 기간트를 구하기 위해 필사적이었다.

—이, 이런… 잡아라!

네슬레는 두 번째 캐러밴의 장갑을 우악스럽게 벗겨냈을 때 그곳으로부터 한 사람의 모습이 튀어나오자 대경하여 소리 질렀다.

파팟! 휘리릭!

순식간에 화염을 뚫고 나온 이안은 그런 네슬레의 손짓을 비웃으며 숲으로 몸을 날렸다.

"잡을 수 있으면 잡아봐! 크하하하하!"

일부러 앙천광소를 터뜨려 적을 경동시킨 이안은 기간트 라이더들이 자신을 추적해 오기를 바랐다. 그래야 기사들도 따라올 것이고 숲 안에서 한판 싸움을 벌일 수 있기 때문이었다.

—잡아라! 절대 놓쳐서는 안 된다!

이안인 줄 모르는 네슬레는 마법사가 도망가는 것이라 생각하여 서둘러 기간트를 몰아 추적에 나섰다.

"잡아라! 절대 놓쳐서는 안 될 것이다!"

"추격하라! 추격!"

기사들도 불타고 있는 캐러밴을 내버려둔 채 숲으로 말을 몰아 이안의 추적에 나섰다.

'훗! 전부 따라오는군. 어느 얼마나 운용을 잘 하는지 볼까?'

이안은 거체의 기간트가 숲지에서 얼마나 유려한 동작으로 나무를 피해가며 추적해 올지 시험에 나섰다.

"파이어 랜스!"

후웅! 쎄에에에엑!

이안은 도망가다 말고 공중에서 몸을 회전시키며 뒤에 바짝 따라오는 네슬레의 기간트를 향해 마법을 날렸다. 화염으로 이루어진 커다란 창 3개가 허공중에서 만들어지며 곧장 네슬레의 젤러스를 향해 쇄도해 들어갔다.

—으득! 감히 나를 공격하다니. 타앗!

젤러스를 운용하는 네슬레는 92%에 달하는 동화율을 자랑하는 락토르의 기간트 라이더였다. 이안이 이룩한 94%에는 미치지 못할지라도 거의 마스터에 근접한 수치였다.

콰앙! 화르르륵!

젤러스의 기간트용 랜스가 화염의 창을 후려치며 굉음을

만들어냈다. 가뿐하게 화염의 랜스를 해소시킨 네슬레는 더욱 이를 갈아붙이며 기간트를 몰아왔다.

—내 네놈을 붙잡아 껍데기를 벗겨놓고 말겠다. 하압!

쿵쾅! 쿵쾅! 쿵쾅!

더욱 빠르고 거칠게 젤러스를 몰아오는 네슬레의 움직임에 이안은 제법 뛰어난 라이더라는 것을 알 수 있었다. 기간트의 움직임만 보아도 이젠 상대의 수준이 어느 정도인지 알 수 있는 경지까지 올라선 덕분이었다.

'조금만 더 떨어지면 제대로 붙어보지. 후후후!'

이안은 마법으로 견제하며 거리를 조금씩 벌렸다. 기간트의 보폭이 워낙 큰 탓에 인간의 움직임으로 기간트의 추격을 따돌리는 것은 거의 불가능에 가까웠다.

"라피드 소환!"

이안은 어느 정도 거리가 벌어지자 팔목에 채워져 있는 팔찌에 마나를 불어넣으며 라피드를 소환했다.

후웅! 스팟!

거대한 근육으로 뒤덮인 것같은 라피드가 아공간에서 빠져나와 이안의 앞에 모습을 드러냈다. 두 개의 크고 아름다운 뿔이 햇빛을 받아 날카로운 빛을 반사시켰다.

"라피드, 탑승한다!"

이안의 말에 끝나기 무섭게 그의 신형은 빛으로 빨려 들어가며 라피드의 거체 안으로 들어와 있었다.

―마스터의 탑승을 환영합니다.

"마나 코어 온!"

"동화율 체크!"

이안은 빠르게 명령을 내렸다. 기간트가 움직일 수 있는 조건을 빨리 끝마쳐야 네슬레가 이끄는 적 기간트들과 싸울 수 있었다. 그 이전에 적들이 먼저 온다면 속수무책으로 당할 수밖에 없었다.

―동화율 체크 완료! 94%!

"좋아! 기동한다!"

―마스터의 뜻대로!

라피드는 오랜만에 마스터인 이안의 탑승을 기뻐하며 더욱 강력한 움직임을 선보였다.

―저, 저건 도대체가… 정지! 정지하라!

어느 나라에도 찾아볼 수 없는 기간트의 등장에 네슬레는 기동을 멈추고 부하들도 멈추도록 신호를 보냈다.

―네놈은 누구냐! 그 기간트의 정체는 또 무엇이고!

버럭 소리를 지르는 네슬레의 행동에 이안은 손가락을 가로로 저었다. 물론 행동은 라피드가 대신했지만 그 모습이 상당히 상대방을 조롱하는 듯이 느껴졌다.

―이익… 감히 나를 조롱하다니!

―풋! 네놈이라고 지껄이는 놈이라 이런 행동도 조롱이라 받아들이는구나. 난 이안 레이너 백작이다!

―뭐, 뭐요? 으득! 쳐라!

이안 레이너 백작이라는 신분을 밝히자 네슬레는 자신들이 처리해야 할 적임을 알고 공격을 명령했다. 그러자 그의 좌우에 서 있던 기간트들이 병장기를 들어 올리며 맹렬한 기세로 이안을 향해 밀고 들어왔다.

―어디 얼마나 잘 싸우는지 보자. 오랏!

이안은 호기롭게 외치며 라피드를 움직였다. 마수 제파스와 합체되어 생체병기로 재탄생한 기간트인 라피드는 일반 기간트들이 보일 수 없는 움직임을 선보이며 순간적인 스피드로 마주쳐 나갔다.

―헙!

당황한 라이더는 이안의 라피드가 덮쳐오자 기겁하여 당혹성을 터뜨렸다. 그러나 십 년 이상을 라이더로 교육받은 자답게 순간적으로 이성을 되찾고 무기를 사선으로 휘두르며 맞섰다.

부아앙!

거칠게 바람을 가르며 휘둘러지는 랜스를 아슬아슬하게 피해내며 빈틈을 파고든 이안의 라피드가 강렬한 일격을 조종석이 있는 부위에 가했다.

쾅! 콰드드등!

강철로 만들어진 장갑이 그대로 부서지며 파괴된 강철조각이 보호해야 할 조종석을 오히려 역으로 찔러 들어갔다.

―이, 이놈! 힐먼을 구해라! 어서!

네슬레의 외침에 주춤했던 기간트들이 다시 움직이고 유기적으로 삼각대형을 만들며 이안을 공격해 들어왔다.

―타핫!

―이거나 먹어라!

삼각 대형의 꼭지점 부위에 해당하는 위치에 있는 기간트가 매서운 찌르기 공격으로 이안을 견제하고 좌우측에서 달려오던 기간트들이 피할 공간을 예측하여 공세를 가했다. 완벽한 합격술로 어지간한 기간트 라이더였다면 그대로 그 공격에 당해 손해를 봤을 만한 공격이었다.

쾅! 휘릭!

뒤로 점프하여 공세를 피해낸 라피드는 랜스의 끝을 허공에 뜬 채 잡아내며 그대로 잡아끌었다.

―어어…….

랜스를 놓치지 않기 위해서 힘을 준 젤러스의 라이더는 끌려갈 수밖에 없었다. 그러자 바닥에 내려선 라피드가 딸려오는 젤러스를 향해 강력한 몸통 박치기를 선보였다.

휘익! 쾅! 콰드드등!

뒤에서 쫓아오던 다른 젤러스에 날아가 박히는 통에 두 대의 젤러스가 충돌하며 쓰러졌다.

'이번에는 네놈이다!'

이안은 쓰러진 두 대가 정신을 차리지 못하는 틈에 마지막 한 대를 향해서 벼락치듯이 달려들었다.

―어림없는 수작!

라이더는 잡히지 않기 위해서 랜스를 거칠게 휘둘렀다. 접근을 막는 것에 가장 효율적인 휘두르기인 사선베기를 한 후 곧바로 역으로 쳐올리며 연계기를 펼쳐냈다.

부앙! 쎄에에엑!

미친 듯이 휘두르는 랜스 공격에 이안은 살짝살짝 피해내며 동작에 파탄이 일어나기를 기다렸다. 무리하게 파고들다가 생채기를 입으니 여유롭게 상대하려는 거였다.

―으랏차!

기세가 오른 라이더는 더욱 강하게 힘을 실어 이안의 라피드를 노렸다. 그러자 점점 동작이 커지고 불필요한 움직임이 나타났다.

―자제하라! 이, 이런…….

―크크! 늦었다!

이안은 사선베기로 재차 공격하는 젤러스의 움직임이 역으로 치고 나올 타이밍을 놓치는 것에 재빨리 그 틈으로 노리고 치고 들어갔다.

콰직! 후아앙! 콰아앙!

옆쪽으로 파고들어 젤러스의 목을 잡은 라피드가 그대로 30톤이 넘는 거체를 들어 올렸다가 바닥에 메다 꽂아버렸다.

—커헉!

엄청난 충격이 젤러스를 덮쳐왔다. 기체의 연결부위가 그 압박을 이기지 못해 터져 나가고 그 틈으로 마나가 썰물처럼 빠져나왔다.

—잘 가라!

부웅! 콰직!

라피드의 커다란 발이 높이 들렸다가 그대로 젤러스의 머리를 짓밟아 버렸다. 스파크를 만들어내며 찌그러지는 젤러스의 머리가 박살 나고 난 후 움직임이 멎었다.

"으! 마법사들은 저 기간트를 공격하라! 어서!"

기사단장의 명령에 뒤따라온 6명의 마법사들은 멍청히 서 있다가 놀라 캐스팅을 시작했다.

"파이어 볼!"

"라이트닝 스피어!"

후웅! 파츠츠츠측!

여섯 줄기의 마법력이 이안의 라피드를 향해서 날아들었다. 그리 강력한 마법은 아니지만 당해서 좋을 것은 없었다.

—배리어!

후웅! 콰콰콰콰쾅!

이안이 라피드의 거체에 배리어를 만들어 내자 그 위로 마법력이 직격으로 부딪쳤다. 라피드가 가지고 있는 제파스의 마정석의 힘으로 더욱 증폭된 마법인 탓에 하위 마법들은 그것을 뚫지 못하고 소멸되어 버렸다.

"어, 어떻게……."

"다시 한 번 공격하라! 언제까지 버티지는 못할 것이다! 라이트닝 스피어!"

마법사들은 놀라 헤벌어진 입을 다물지 못했다. 그러나 다시 공격하라는 명령에 얼른 수인을 맺으며 캐스팅에 들어갔다. 그러는 동안 네슬레는 정신을 차리고 이안의 라피드를 향해 공세에 나섰다.

—레이너 백작! 나는 네슬레 자작이오.

—네슬레 자작? 흠… 이름은 들어 본 것 같군.

이안도 네슬레라는 이름에 대해서 알고 있었다. 그리 뛰어난 무명을 얻은 것은 아니지만 기간트 라이딩에서만큼은 왕국 최고라고 칭해지는 몇몇 라이더들 가운데 하나였다. 그리고 그가 가장 유명해진 계기는 그들 중에서 가장 나이가 어리다는 점이었다. 그래 봤자 30대 초반이었지만 그것만 해도 대단하다는 평가를 받는 중이었다.

―이렇게 만나서 유감이지만 공작 각하의 명을 따라야 하니 어쩌겠소이까.

―후후! 잡소리 집어치우고 그만 공격해 오지 그러나?

이안은 적과 잡담을 나누고 싶은 마음이 없었다. 시밀로프 후자과 연관된 자들은 모두 적이었고 살려줄 이유는 존재하지 않았다.

―그럼 가겠소! 타앗!

네슬레 자작이 모는 젤러스가 이전의 기간트들과는 전혀 다른 움직임을 선보이며 이안을 공격해 들어왔다.

'최상급의 라이더라 이건가?'

인간의 움직임에 가장 가까운 동작을 재현해 내는 것으로 라이더의 자질을 평가한다. 그래서 동화율이 중요한 것이고 네슬레 자작의 동화율은 적어도 90%대 이상이기에 거의 인간의 움직임에 근접한 동작을 펼쳐내고 있는 것이었다.

부웅! 쎄에에엑!

날카로운 공격이 가해졌다. 거체의 기간트의 움직임이라고는 생각하기 어려운 동작이 이어졌다. 낮게 자세를 낮춰서 횡으로 베었다고 몸을 일으키며 올려치기로 이안의 접근을 막았다. 그리고 앞으로 치고 나오며 내려치는 동작까지 이어졌다. 군더더기 없는 깔끔한 공격 동작으로 이안을 공격하다가 물러설 때는 최대한 몸을 낮추며 어디로든 피할 수 있는 동작을 만들어내며 수비범위를 최소화했다.

―받아라! 대시!

쿠쿵! 고오오오!

어느 순간 몸을 움츠렸다가 그대로 지면을 박차며 앞으로 튀어 나오는 젤러스의 동작이 먹이를 노리는 표범처럼 날쌔게 이루어졌다.

'대단하네. 동화율 90%대 이상의 기간트 라이더는 이런 공격이 가능했군.'

상당히 놀라기는 했지만 자신보다 낮은 동화율의 네슬레에게 당하고 싶은 마음은 없었다. 좌측 발을 축으로 삼아 반회전을 하며 네슬레의 공격을 피해냈다.

콰직! 콰악!

투우사가 투우의 공격을 피하고 장검을 찔러넣듯이 대시로 보디체크 공격을 가해 온 네슬레의 공격을 피하며 뒷덜미를 잡았다.

―크윽!

갑작스럽게 대시를 하던 기체가 허공중에 대롱대롱 매달리는 느낌에 네슬레는 답답한 신음성을 흘렸다. 세상 어느 기간트도 해낼 수 없는 동작을 너무도 자연스럽게 해낸 이안의 라피드 때문이었다.

―크앗!

이안은 젤러스를 들어 올렸다. 한손으로는 젤러스의 뒷덜미를 잡고 다른 한쪽으로는 다리를 잡아 공중으로 들어 올리자 라피드의 이마에 박혀 있는 마정석이 강렬한 빛을 뿌려냈다. 마나 코어에 박혀 있는 최상급의 마나석의 힘만으로는 불가능한 동작을 펼치는 것이라 마정석의 힘까지 소모된 탓이었다.

끼기기깅!

강철로 이루어진 거체가 듣기 거북한 소음을 자아내며 서서히 꺾이기 시작했다. 그러던 어느 한순간 라피드는 공중으로 점프하며 그대로 바닥으로 젤러스를 집어 던졌다.

콰아아앙!

엄청난 굉음과 함께 바닥으로 떨어진 젤러스는 중력이 만들어낸 거대한 충격에 몸서리를 쳐야 했다.

─끝이다!

이안은 공중으로 점프하여 모든 힘을 모은 후 그대로 젤러스의 머리를 짓밟았다. 다른 부위를 타격하는 것보다 훨씬 효과적으로 적을 제압하는 것이 바로 머리를 날려버리는 것이었다. 눈이 보이지 않으면 제 아무리 뛰어난 라이딩 기술을 가지고 있어도 무용지물이니 말이었다.

─크아아악!

비명을 지르며 네슬레 자작이 타고 있는 젤러스의 머리가 파괴되어 사라져 버렸다.

"으으… 괴, 괴물이다!"

"단장님! 퇴각해야 합니다. 6대의 기간트를 모두 박살낸 괴물을 상대로 승산이 없습니다!"

기사들은 단장이 싸우자는 명령을 내릴까 봐 얼른 퇴각해야 한다며 부산을 떨었다. 단장 역시 싸우고 싶은 마음이 없었던 탓에 서둘러 퇴각명령을 내렸다.

"퇴각한다! 서둘러 시밀로프 후작 성으로 돌아간다."

"예, 단장!"

기사들이 줄행랑을 치자 마법사들 역시 있는 힘을 다해서 뛰어야 했다. 그들이 타고 온 기간트캐러밴으로 도망가야 살 수 있다는 일념 하나로 뛰자 허약한 마법사라는 것이 무색하게 엄청난 속도로 뛰는 것을 볼 수 있었다.

─후훗! 잽싸네. 하하하하!

이안은 호탕한 웃음을 터뜨리며 마법사들을 살려 보냈다. 어차피 세상에 라피드가 알려질 상황이었으니 더 이상 감추는 것은 의미가 없다는 생각이었다.

─헥토르의 반란군이 북상하고 있네. 서둘러 복귀하여 독립여단을 지휘하게.

기다리고 있던 명령이 이안에게 내려왔다. 알렉세이 후작이 직접 명령을 하달했고 뒤에는 국방성장도 보였다.

"알겠습니다. 안 그래도 첩보대의 보고가 들어왔는데 헥토르의 반군이 도착하는 시기는 나흘 뒤라고 하더군요. 그러니 사흘 동안 이곳의 일을 정리하고 복귀하겠습니다."

—사흘? 지금 항명이라도 하겠다는 것인가?

알렉세이 후작은 바로 복귀하라는 명령을 받은 이안이 사흘이라는 시간을 말하자 은은한 노기를 실어 물었다.

"아닙니다. 제가 6클래스에 오른 것을 아실 겁니다. 그러니 제 한 몸만 돌아가는 거라면 하루도 안 걸립니다. 해서 시간을 달라고 요청하는 것입니다."

—으음… 자네가 정말 6클래스에 올랐다면… 허허! 이걸 축하해야 하는 일인지 모르겠군.

6클래스의 마법사는 원칙적으로 왕실 마탑에 속해야 한다. 이안의 경우에는 마스터의 검사였고 부수적으로 6클래스의 마법사가 된 것이라 그 원칙에서 벗어난 존재이기는 했다. 그래도 논란의 여지가 있는 것에 알렉세이 후작은 고개를 가로저었다.

"가능하겠습니까? 이대로 돌아간다면 영지전은 패배하고 제 가족이 위험에 처하게 되어서 말입니다."

이안이 간곡하게 부탁하자 알렉세이 후작도 난처했다. 다아크 공작으로부터 이안을 독립여단으로 복귀시켜서 헥토르의 반군을 저지하게 만들라는 주문이 내려진 상황이었다. 아무리 다아크 공작에게 엿 먹이기로 작정했다지만 정상적인 명령까지 무시할 수는 없었다.

—흐음… 이거 참… 어떻게 해야 할지 원…….

알렉세이 후작이 뜸을 들이며 곤란한 모습을 보이자 국방성장이 앞으로 나섰다.

—그렇게 하게. 단! 헥토르 반군이 도착하기 전에 독립여단으로 복귀해야 한다는 점은 반드시 지키도록 하게. 알겠나?

국방성장의 명령에 이안은 환한 미소를 지으며 대답했다.

"충! 명을 받들겠습니다, 국방성장 각하!"

—하하하! 사람하고는… 그럼 건투를 비네.

"감사합니다, 각하!"

이안은 진심으로 국방성장을 향해서 군례를 취한 후 마법 수정구에서 마나를 회수했다.

"후후! 이제 족쇄는 풀린 셈인가?"

이안은 젤러스를 모두 잃고 방어태세로 돌입한 시밀로프 후작가를 맹공격할 생각이었다. 이기지는 못한다고 할지라도 최소한 그들이 레이너 영지를 공격할 엄두를 내지 못하게 만들어야 하기 때문이었다.

10장

오렌카이너오, 후작 가문

국방성장의 허락으로 사흘의 시간을 번 이안은 노예병 5천과 회유작업에 넘어간 하버와 오트론 자작군 2천을 더해서 도합 7천으로 늘어난 병력을 이끌고 북상했다. 시밀로프 후작령의 영주성이 있는 곳은 접경지역에서 불과 이틀거리에 있었고 단 하루 만에 그곳을 점령해야 하는 막중한 임무가 부여된 셈이었다.

"진채를 내려라!"

이안은 시밀로프 후작 성이 보이는 지점에 진채를 내리려 명령했다. 후작 성은 호수 안에 있는 작은 섬에 세워진 것이라 바깥에서 공격하기가 무척 까다로운 곳에 있었다.

'호수 안에 세워진 성이라… 공격하기도 어렵지만 반격하기는 더 어려운 구조지.'

이안은 반격은 걱정하지 않아도 될 거라는 판단 하에 느긋하게 병력들이 늘어서서 진채를 세우는 것을 구경했다.

'도개교를 강제로 내리게 한 후 병력으로 밀고 들어가야 하는데… 그러려면 피해가 너무 크다는 점이 문제고.'

작전을 세울 때 가장 중요하게 여기는 것은 모두 세 가지다. 하나는 지리적인 조건이었고 그 다음이 하늘, 즉 기상의 변화였다. 그 다음이 적과 아군의 작전수행 능력을 고려하는 것이 기본이었다. 물론 작전수행 능력에는 장비와 군량, 그리고 군사들의 훈련과 사기 등등 포괄적인 개념이 들어가는 것이기에 나누는 것 자체가 무의미하다고 할 수 있지만 대략적인 기본이 그렇다는 것이었다.

"주군! 진채가 완성되었습니다!"

이안이 시밀로프 후작 성을 공략할 방법을 강구하는 동안 진채가 완성되었는지 제니스가 달려와 보고했다.

"수고했다. 제니스 경은 기병들을 이끌고 주위를 탐문하여 혹시 모를 적들의 매복이 있는지 살피도록 하게."

"충!"

제니스는 이안의 명령이 내려지자 뒤도 돌아보지 않고 기병들이 있는 곳으로 달려갔다.

'일단 안쪽의 상황은 어떤지 보는 것이 좋겠군.'

이안은 적들의 배치와 움직임을 관찰하기 좋은 곳은 오직 한곳, 바로 하늘이라는 생각에 곧장 마법을 펼쳤다.

"플라이! 레비테이션!"

두 가지의 마법이 펼쳐지자 이안의 신형이 공중으로 둥실 떠올랐다. 익힌 이후로 몇 번 펼쳐보지 않은 마법인 탓에 움직이는 것이 부자연스러웠지만 점점 위로 올라가며 안정을 되찾았다.

"흠… 잔뜩 몰려 있네."

호수로 둘러싸인 지리적인 잇점 때문인지 다른 쪽에는 그다지 많은 병력이 배치되지 않았다. 오직 정면, 바로 도개교가 내려지는 지점에 1만이 넘는 병력이 개미떼처럼 우글거렸다.

'이제야 발견했나?'

이안은 공중에 뜬 채 성 안을 살피는데 자신을 발견한 일부 기사들이 손가락질을 하는 것을 볼 수 있었다. 그러나 거리가 너무 멀어 아무런 제지도 하지 못하고 발만 동동 구르며 안타까워하는 모습에 훗 하고 웃고 말았다.

'가만… 그 이계인의 기억을 보면 하늘을 날아다니는 전쟁병기가 있었는데… 비행기… 그래, 비행기라고 했었지.'

하늘에서 공격하는 전투병기는 이 대륙에도 존재했다. 비공선이라는 것으로 마법적인 힘으로 함선을 공중으로 띄우게 만들어 이동하며 싸우는 용도로 쓰였다. 하지만 제작 비용이 워낙 막대하게 들어가는 탓에 로크 제국에도 두 대가 있다고 알려져 있었다.

'그나마도 황제가 움직일 때만 사용된다고 하니 말 다했지. 흐음……'

그 전투용 비행기라는 물건을 이 대륙에 만들어 낸다면 기간트 정도는 전투병기라는 말을 듣지 못하게 될 것이었다.

'이번 영지전이 끝나면 폭발하는 포탄과 그 비행기라는 물건도 만들어 봐야겠어. 전쟁에 꼭 필요한 물건이 될 테니까.'

비행기가 아니더라도 비행선만 해도 이 대륙에 등장하면 전쟁의 판도를 바꿀 수 있을 지도 몰랐다. 수백 미터 상공에서 폭발하는 포탄을 만들어서 아래로 던지면 지상의 적 병력은 그야말로 풍비박산이 나게 된다.

'미리미리 만들어 둘 것을 그랬군… 하기사 기억의 전승으로 엿본 그 이계인의 기억이 온전한 것이 아니었으니……'

마스터에 오르면서 이계인의 기억이 조금씩 또렷해지고 있었다. 다른 또 한 명의 기억은 별다른 도움이 되지 않지만 이계인의 기억은 무가지보를 갖고 있는 것과 같았다.

"허허! 네 마법 실력이 대단하구나."

비어홀트 남작은 공중을 날아다닐 수 있는 플라이 마법과 레비테이션 마법을 자유자재로 구사하며 적정을 관찰한 이안에게 따스한 미소를 지어 보이며 칭찬을 아끼지 않았다.

"모든 것이 렉시온 할아버지께서 남기신 유산을 이은 덕분입니다, 아버지."

"그래… 네가 선조님의 유진을 찾아오지 않았다면 어쨌을까 하는 생각을 하니… 허허… 이게 다 선조님들의 공덕이지 싶구나."

렉시온은 이 세상을 위해서 목숨을 아끼지 않고 싸웠던 영웅이었다. 비록 후예들은 잃어버린 유진 탓에 몰락하여 비참한 삶을 살았지만 결코 악한 모습을 보이지 않았었다. 그 덕이 이안에게 이어져 오늘날의 이런 성세가 이루어진 것이라 믿었다.

"적정을 살펴보니 어떠하더냐?"

"흠… 쉽게 함락시킬 수는 없어 보였습니다."

"그렇겠지. 원래 시밀로프 후작이 차지한 저 성은 우리 가문의 성이었단다. 3대조께서 막대한 자금을 사용하여 쌓아올리셨던 잃어버린 가문의 성이거든."

"아… 그렇군요."

이안은 성을 부술 생각을 하고 있었다. 마동포를 이용하여 성을 타격하여 철저하게 부순 다음 밀고 들어가 시밀로프 후작의 목을 벨 생각이었다.

'부수면 안 된다는 건데… 반드시 되찾아야 할 가문의 성이라는 말인데… 하아… 어렵네.'

살펴본 성은 대마법 방이진까지 광범위하게 깔려 있어서 5클래스의 마법은 완벽하게 방어할 수 있었다. 그러니 그 위로 공중부양 마법으로 이동하는 것도 무리였다. 아니 갈 수는 있지만 밑으로 마법을 날려봤자 별다른 타격 없이 막힐 것이기 때문이었다.

'호숫가에서 성문까지의 거리는 대략 100여 미터… 그 거리를 뛰어넘어 성을 공격하려면… 아무리 라피드라고 해도 무리다.'

호수의 깊이는 적의 침입을 방어하기 위해서 적어도 10미터 이상의 깊이를 유지하고 있었다. 라피드가 아무리 뛰어난 기간트여도 그 깊이에서 10미터가 다시 솟아 있는 성벽을 뛰어넘어 안으로 들어 갈 수는 없었다.

'홀로 뛰어 들어가야 한다는 소리인가?'

아무리 대단한 실력을 갖추었다고 해도 수만 병력이 밀집해 있는 곳으로 들어가서 싸울 수는 없었다. 시밀로프 후작만 해도 최상급의 익스퍼트로 마스터급에 거의 근접한 실력자였다. 그 밑에도 그만한 기사들이 서넛은 될 것이니 그들의 합공을 견디며 라피드를 탑승할 방법이 없었다.

'일단 성문은 부수는 수밖에 없겠다.'

성문을 부셔야 홀로 밀고 들어가든 수가 나올 것 같았다.

"맥기!"

"네, 장군!"

"마동포를 방열하도록!"

"명을 받듭니다."

맥기는 호수 건너편에서 원거리 무기의 사정거리 바깥에 마동포를 방열했다. 그러자 성 안의 기사들은 손가락질을 하며 쑥덕거렸다. 그들도 마동포의 위력에 대해서 알고 있는지 상당히 두려워하는 모습을 보였다.

"성문을 타격하도록!"

"충!"

맥기는 마동포 사수들에게 성문을 부수도록 지시했다. 그러자 방열을 마치고 포격준비를 끝낸 마동포 사수들은 마법진을 가동시킨 후 외쳤다.

"마동포 발사!"

"성문을 부숴라!"

후우웅! 콰콰콰콰콰쾅!

독립여단에 속한 마동포의 숫자를 제외한 것을 이안의 것으로 인정한다는 국방성장의 허락이 있었어도 그 숫자는 여전히 한정되어 있었다. 너무 많은 숫자를 사용하게 되면 상대는 그것을 물고 늘어질 것이 분명했다.

콰앙! 콰콰콰콰쾅!

벼락처럼 날아가 성문에 직격하는 철환들로 인해 거센 폭음이 시밀로프 후작 성에서 일어났다. 성벽 위의 병사들은 그 포격에 놀라 엉덩방아를 찧으며 나자빠지는 모습을 보였다.

"계속 발사해! 성문 주위를 아예 부숴버리도록!"

"추웅! 계속 발사하라! 발사!"

맥기는 이안의 명령을 받아 목청이 터져라 외쳐댔다. 그의 독려 때문인지 그 어느 때보다 포수들의 행동이 민첩하게 돌아갔다.

'이제 어떻게 할 것이냐, 시밀로프 후작!'

이안은 성문의 위쪽에서 다른 쪽으로 대피하는 자들 가운데 유독 눈에 띄는 시밀로프를 노려보며 비릿한 조소를 날렸다. 먼 거리이기에 보이지는 않을 것이지만 그의 여유로운 행동을 직접 본다면 적들도 화가 날 것이었다.

"주군! 어찌할까요? 이대로 당하고 있어야 한단 말입니까?"

시밀로프 후작은 마동포의 포격에 성문이 거의 박살 나는 것을 눈으로 보고 화를 억누르지 못했다. 그러나 바깥으로 나갈 수도 없었고 마동포를 제압할 방법도 없었다. 1킬로미터

바깥까지 날아가는 마동포의 사거리를 기존의 원거리 무기로
제압할 수는 없었다.

"기다려라! 곧 밤이 오면… 그때는 이 울분을 충분히 풀 수
있을 것이니라."

시밀로프 후작은 이안의 병력이 성을 공격할 때 뒤를 치기
위해서 3천의 별동대를 따로 빼돌려 놓았었다. 그들이 밤을
기해 적의 뒤를 공격하면 그때 일제히 밀려나가 적을 끝장낼
생각이었다.

'지금은 얼마든지 웃어라……. 네놈이 기고만장하는 그 순
간이… 네놈의 최후가 될 것이니.'

시밀로프는 마동포 공격으로 기세가 오를 대로 오른 이안
의 병력을 노려보며 이를 갈아붙였다. 이제 곧 해가 저물어
올 시간이 될 것이고 저들은 희희낙락하며 호수 안에 갇혀 있
는 자신들의 처지에 마음 놓고 잠을 청할 것이었다.

'그런데 제니스가 아직 안 돌아오는군.'

이안은 척후대를 이끌고 주위를 조사하러 보낸 제니스가
아직 돌아오지 않는 것이 마음에 걸렸다. 공중에서 지켜본 적
정을 감안했을 때 거의 대부분의 병력이 성 안에 있다는 결론
을 내렸었다.

'제니스를 찾아야 하려나?'

자신의 첫 번째 기사인 제니스는 상급의 익스퍼트에 올라

무력으로 당해낼 자가 그리 많지 않았다. 그런 그를 믿지 못하는 것은 아니지만 전쟁 중에 눈먼 칼에 죽는 기사가 괜히 속출하는 것이 아니었다.

'음? 혼자 달려온다?'

제니스가 데리고 나갔던 척후대에 속한 기병 하나가 미친 듯이 말을 몰아 군진의 후미로 접근하고 있었다.

"맥기! 지휘를 맡긴다!"

"충!"

맥기가 당차게 대답하는 것을 뒤로한 채 이안은 척후병을 향해 신형을 날렸다. 순식간에 군진을 돌파하여 척후병의 앞까지 도달하자 급히 말을 세우며 재빠른 동작으로 하마했다.

"보고합니다."

"무슨 일인가?"

"적의 별동대가 숨어 있는 것을 발견했습니다. 제니스 경이 장군께 이 사실을 보고하고 조치를 취해줄 것을 청하라 했습니다."

"별동대라… 수는 얼마나 되는지 아는가?"

"정확한 숫자는 파악할 수 없었지만 전원이 기병으로 이루어져 있고 숫자는 수천을 헤아리는 걸로 압니다."

"흠… 수천이라……."

수천이라는 단어는 적어도 2천 이상의 병력이 있다는 소리였다. 이안의 병력이 7천이 채 안 되는 숫자였으니 기병으로 2천이 넘는 적들이 급습을 가해온다면 크게 낭패를 볼 수 있었다.

'이걸 이용해서 적에게 큰 타격을 입혀야 한다……. 어떤 방법이 좋을까?'

별동대를 먼저 제거하고 지난번 요새에서 사용했던 작전대로 시밀로프 후작군을 유인할까도 생각해 보았다. 그러나 이내 고개를 가로저으며 그 생각은 포기했다.

'그 여우가 내가 썼던 작전들에 대해서 연구하지 않을 리 없다. 그렇다면 그 방법은 패스하는 것이 좋겠지. 그렇다면… 그래! 그 방법이 좋겠어.'

이안은 빙그레 미소 지으며 척후병에게 지시를 하달했다.

"지금 즉시 감시하는 척후병을 남겨두고 제니스 경에게 귀환하라는 명령을 전달하도록."

"명을 받듭니다!"

척후병이 다시 말을 몰아 돌아가고 이안은 밤에 야습을 노리는 적들을 한꺼번에 쓸어낼 작전을 실행하기 위해 바쁘게 움직여야 했다.

―상황은 어떤가?

시밀로프 후작의 물음이 수정구를 통해서 들려왔다. 그 물음에 별동대를 이끄는 대장이자 이번 시밀로프 후작이 짠 작전의 핵심임무를 수행해야 하는 칼튼 남작은 호탕하게 대답했다.

"하하하! 적들은 저와 별동대가 뒤를 노리는 것을 까마득하게 모르고 있습니다. 척후의 보고에 의하면 진채의 후미 쪽은 거의 수비하는 병력도 없다고 합니다."

─흐흐흐! 어리석은 놈들 같으니… 하긴 그럴게야. 내일이면 그자가 독립여단으로 복귀해야 하니 정면 공격만 미친 듯이 하고 있거든.

이안은 일부러 마동포만 동원하여 시밀로프 후작 성을 때리고 있었다. 그나마도 자정이 넘어가는 시간이 되자 그만두고 병력만 잔뜩 세워놓은 채 휴식을 취하는 모습을 보였다. 그것이 시밀로프 후작의 마음을 놓이게 만들었다.

"작전대로 새벽 3시에 급습을 하도록 하겠습니다, 주군!"

─그렇게 하게. 그 시간에 맞춰서 우리도 도개교를 내리고 공격에 나설 것이니.

"예, 그럼 레이너 놈들을 쓸어버리고 주군을 뵙겠습니다."

─흐흐! 그렇게 하세. 그럼 수고하게.

"네, 주군!"

칼튼 남작은 새벽 달을 보며 시간을 대충 살폈다. 그리고 품에서 꺼낸 모래시계로 확인을 하며 작전 시간까지 1시간

정도 남은 것에 부하들에게 명령을 내렸다.

"작전에 돌입할 것이다. 모두 전투마에 방어래를 물려라!"

"방어래를 물려라! 방어래를……."

기병들이 일제히 말의 입에 방어래를 물리고 소리가 날 수 있는 기타 물건들에 천을 씌우고 빛이 반사되는 물건에는 숯으로 검게 칠했다. 모든 준비가 끝나자 칼튼 남작은 멋진 기습을 가하기 위해서 말에 올랐다.

"전군! 나를 따르라!"

"……."

훈련을 받은 대로 대답 없이 고개만 끄덕여 답한 병사들은 칼튼 남작의 뒤를 따라 숲을 빠져나왔다. 그리고 20분 정도 거리에 떨어져 있는 이안의 진영을 향해서 조용하게 말을 몰아갔다.

'어리석은 놈들… 이렇게 별동대가 움직일 거라고 생각을 하지 않다니. 나 같으면 적어도 척후대는 내보내겠는데 말이야.'

칼튼 남작은 무주공산과 같은 평야를 지나며 이안 레이너라는 전쟁 영웅에 대해서 비웃음을 날리고 있었다. 무력만 좋은 애송이 정도로 깔보는 그는 이안을 꺾고 그 영웅의 자리를 자신이 차지할 욕심에 서둘렀다.

"남작님! 저 언덕만 넘으면 적의 진영이 바로 보입니다. 어떻게 할까요?"

"흠… 언덕을 넘을 때 신호적을 올려라. 알겠나?"

"넵! 남작님!"

칼튼 남작은 부관이 세명의 장궁을 든 병사를 따로 빼내어 언덕 위로 올려 보내는 것을 보며 느릿하게 따라 올라갔다. 언덕길의 좌우측으로 늘어서며 신호적을 올릴 준비를 하는 그들을 보며 칼튼 남작은 부하들이 대오를 갖추기를 기다렸다.

"다 됐습니다. 바로 돌격명령을 내려주십시오."

언덕 아래로 500미터 정도 떨어진 곳에 보이는 적의 진영을 보며 칼튼 남작은 돌격 명령을 내렸다.

"전 부대, 돌격하라! 적진을 쓸어버려라!"

"우와아아아아아아!"

우레와 같은 함성을 터뜨리며 돌진해 들어가는 칼튼 남작과 기병들은 언덕길을 내려가는 스피드를 이용하여 가속도를 붙인 채 맹렬하게 돌격해 들어갔다.

슈웅! 슈슝! 쉬이익! 콰앙! 콰쾅!

화려하게 공중에서 폭발하는 3개의 신호용 화살이 붉고 푸른빛을 하늘에 수놓았다. 그러자 성문이 부서져도 묵묵히 지켜보기만 하던 시밀로프 후작 성에 움직임이 일었다.

끼기기기기깅!

끊어졌던 교각 이로 다시 다리가 내려오고 성 안에서 수를 헤아리기 어려운 병력이 쏟아져 나왔다.

"별동대의 기습이 이루어졌다. 적들을 쓸어내라! 전군 공격!"

"우와아아아! 공격하라!"

시밀로프 후작 성에서 2만에 가까운 병력들이 일제히 빠져나왔다. 말이 2만이지 그 많은 병력이 모두 빠져나올 때까지 걸린 시간은 꽤 많은 시간이 걸려야 했다.

"죽어라 이놈!"

쉬릿! 푸욱!

날카로운 찌르기 공격에 창대에 의지한 채 졸고 있던 적병이 관통 당했다. 공격한 병사는 뭔가 이상한 느낌에 정신이 번쩍 들었다.

'이, 이건… 허수아비?'

창에 찔린 병사는 군복을 입고 있었지만 그것은 짚단으로 만든 인형 위에 군복을 걸쳐놓은 수준의 것이었다.

"하, 함정이다!"

"함정? 무슨 소리야 함정이라니?"

뒤따라 돌격해 온 병사들은 짚단으로 만들어진 허수아비들에 창을 찔러넣다가 이내 함정이라는 말이 무슨 뜻인지 깨달을 수 있었다.

"쓸어버려라! 모두 죽여라! 흐랏!"

"타압! 가랏!"

반대쪽에서 말을 몰아 돌격해 온 별동대의 기합 소리가 요란한 가운데 시밀로프 후작군은 양쪽에서 모여들어 가운데서 만났다. 군진은 그대로 있지만 개미새끼 하나 남아 있지 않은 군진에 어안이 벙벙해진 것이다.

"이게 어떻게 된 일인가? 적들이 다 빠져나가는 동안 그것을 눈치채지 못하다니……."

시밀로프 후작도 직접 갑옷을 입고 병력을 이끌고 출전했었다. 누구보다 용감하게 이안의 군진을 급습하는데 앞장을 섰었기에 그 허탈감은 누구보다 컸다.

콰앙! 콰콰콰콰콰콰콰콰쾅!

이안의 군진 서쪽 부위에서 터져 나온 굉음과 강렬한 진동파가 허탈해하던 시밀로프 후작을 덮쳤다.

"크악!"

"으아아! 죽고 싶지 않아!"

"살려줘! 사… 으아악!"

동시에 들려오는 병사들을 울부짖는 소리에 시밀로프 후작은 그쪽으로 시선을 돌렸다. 그러자 군진이 세워진 부분이 터져나가며 차례차례 폭발이 일어났다. 파이어 버스터 정도의 마법이 터져야 가능할 정도의 강렬한 폭발에 함정에 빠져든 자신의 병사들인 속절없이 쓸려나가고 있었다.

"으득! 서둘러 빠져나가라! 어서!"

시밀로프 후작은 연쇄적으로 폭발하며 다가오고 있는 마법트랩을 피해 동쪽으로 서둘러 말을 몰아 피했다. 북쪽과 남쪽은 채 빠져나가기도 전에 폭발이 일어날 거 같아 어쩔 수 없이 동쪽으로 방향을 잡았다.

피피피피피피피피피피핑!

동쪽으로 도망가기 시작한 병력이 이안의 군진을 빠져나가기 무섭게 기음이 터져 나왔다. 놀란 시밀로프 후작이 소리가 난 방향을 살펴보니 수천이 넘는 적병들이 화살 시위를 놓느라 터져나온 기음임을 알 수 있었다.

쎄엑! 퍼억! 퍼퍽! 퍼퍼퍼퍽!

순식간에 도망쳐 나온 병력 중에 천여 명이 넘는 인원이 그대로 화살 세례에 당해 바닥을 구르고 있었다.

'이, 이 말도 안 돼는……'

시밀로프 후작은 자신의 야습이 먹힐 거라 생각했었다. 하루가 지나면 돌아가야 하는 이안이 공격에 실패하면 그가 돌아갈 때까지 자신이 버티기만 할 거라 생각했던 것이 완벽하게 틀린 상황으로 다가온 것이었다.

"쏴라! 적들을 한 놈도 살려둬서는 안 된다! 발사! 발사하라!"

"우와아아아아아!"

우레와 같은 함성을 터뜨리며 수천에 달하는 이안의 병력은 제대로 겨냥도 하지 않은 채 활 시위를 당겼다가 놓았다. 워낙에 많은 적들이기에 대충 쏘아도 맞는다는 것이 지금의 상황이었다.

"돌격하라! 적진을 돌파하는 것만이 살 길이다! 나를 따르라!"

시밀로프 후작은 어떻게 저 많은 병력이 숨어 있을 수 있는지 의문이었지만 일단 살고 봐야 하기에 돌격 명령을 내렸다. 아직 자신의 병력은 기병전력까지 합쳐서 1만 5천은 넘는 병력이었다. 그 병력이 일거에 돌격한다면 적진을 붕괴시킬 수 있을 거라 믿었다.

"마동포 발포하라! 발포!"

"마동포 발사!"

후웅! 콰콰콰콰콰콰콰쾅!

20여 문의 마동포가 돌격해 들어오는 적들을 향해서 일제히 쏘아졌다. 철환을 빼놓은 마동포는 5개의 에어블래스트 마법진 가운데 하나만 이용해서 포격을 가했다.

"마법진이 준비되는 대로 바로 쏜다. 발사!"

"마동포 발사! 발사!"

5초의 간격을 두고 마동포가 연속으로 쏘아졌다. 5클래스의 마법사가 에어블래스트 마법을 펼치는 것과 같은 효과를 지닌 마동포의 포격은 5초당 20발씩의 연사로 적을 유린했다. 무거운 갑옷을 입고 아무리 빠르게 달려도 100미터를 15초에 달리면 잘 달린다는 소리를 듣는다. 그러나 이안의 병력이 숨어 있는 곳까지는 200여 미터나 떨어져 있었고, 보병들은 그 거리를 좁히지 못하고 중간에서 죽어나갔다.

두두두두두두두!

"기병대는 적진을 돌파하라! 우리가 해내지 못하면 아군은 전멸이다!"

"방패로 막아! 달려라! 흐랏!"

기사들이 선두에 서고 그 뒤를 기병들이 일제히 돌진해 나왔다. 보병들을 제치고 나오는 기병들의 돌진 속도는 인간이 낼 수 있는 스피드의 두 배 정도로 무척이나 빨랐다.

콰앙! 휘류류류류륭!

에어블래스트가 떨어져 무수한 바람의 구들이 사방으로 비산했다. 그 구에 맞은 기병들은 엄청난 통증을 느끼며 말에서 추락했다.

'기병의 돌진이라… 가장 전형적인 방법이기는 하지.'

이안은 적들이 다가오는 것을 보며 손을 들어 올렸다. 이미 대기병 방어법을 마련해 둔 탓에 저들이 돌격해 오는 것이 그

다지 염려되지는 않았다.

두두두두! 파각!

"하, 함정이다! 피해!"

말들이 달려와 이안의 병사들을 향해 랜스 차지를 하려고 할 그 무렵 땅이 꺼져 내리며 기병들이 무수히 함정으로 떨어져 내렸다.

"방패, 앞으로! 대기병용창을 들어라!"

"추웅!"

이안이 손을 내리며 강하게 명령하자 함정을 피해 돌파해온 기병들을 향해서 방패병이 두꺼운 카이트실드를 앞세운 채 버티기에 들어갔다. 그리고 그 방패들 사이로 5미터가 넘는 대기병용창이 세워졌다.

파각! 퍼퍼퍼퍽!

"으악!"

"끄르륵!"

기병들은 자신들의 손에 들린 랜스가 도달하기도 전에 박혀드는 수없이 많은 목창에 의해 속절없이 죽어나갔다. 달리는 힘이 있어서 이안의 병사들을 덮치는 전투마의 시체들이 있었지만 2천에 달하는 기병 중에 거기까지 도달한 이는 채 200여 기도 되지 못했다.

'시밀로프 후작… 거기 있었나?

이안은 기병들의 돌격을 완벽하게 막아낸 후 남과 북쪽으로 뚫린 곳을 향해 도망가는 적들을 보았다. 반이 넘는 병력이 한순간에 시체로 변한 전투를 뒤로 한 채 미친 듯이 도망가는 무리들 중에 그가 있었다.

"기병들은 나를 따르라!"

"추웅!"

이안이 먼저 전투마를 몰아 적들이 도망가고 있는 곳 중에서 북쪽, 바로 적병들이 대거 뛰쳐나와 비어 있는 시밀로프 후작 성을 향해 치고 나갔다.

"으으… 이런 대패를 당할 줄이야……."

시밀로프 후작은 살아남은 병력이 채 1만도 되지 않는 상황에 공황상태에 빠져들었다. 2만이 넘는 병력이 당한 것은 채 10분도 되지 않는 시간에 불과했다. 그 짧은 시간이 이처럼 처참한 패배를 당할 수도 있다는 것이 믿어지지 않았다.

"두고 보자… 네놈이 복귀하는 순간… 내 가만두지 않을 것이니. 빠드득!"

이를 갈아붙였지만 지금 순간에 그가 할 수 있는 일은 오직 말에 박차를 가해 성으로 도망가는 일뿐이었다.

쉬릿! 사각!

"크윽!"

갑작스럽게 터져 나온 비명소리에 시밀로프 후작은 시선을 돌려 소리가 난 곳을 쳐다보았다.

"헙! 이… 이안 레이너……."

"후작 각하, 오랜만이네요. 후후후!"

싸늘한 조소를 날리며 인사를 하는 이안은 거침없이 시밀로프 후작을 보호하고 있는 기사들을 도륙했다. 오러가 줄기줄기 피어오른 검을 채찍처럼 휘둘러 한 번에 두셋씩 죽여 나가는 이안의 앞을 막아서는 기사들은 거대한 화염에 뛰어드는 불나방처럼 속절없이 죽어나갔다.

"이노옴!"

시밀로프 후작은 이안에 의해 죽어나가는 기사들을 보며 분노의 일성을 터뜨렸다.

"반전하여 적의 수괴를 죽여라! 반전!"

살아남은 기사들은 일제히 말머리를 돌려 이안을 향해 랜스를 앞세운 채 달려왔다. 그들 중에 시밀로프 후작도 끼어 있었는데 그는 그레이트소드를 든 채 이안의 목을 베기 위해 필사의 힘을 담은 채 다가왔다.

"랜스 투척!"

"하압!"

기사들은 달려오는 힘을 이용하여 강하게 랜스를 투척했다. 한번에 50여 개에 달하는 랜스가 이안을 향해서 날아들었

고 마나가 실린 강맹한 힘 앞에 대기가 찢어질 듯한 비명을
질렀다.

"오러실드!"

이안은 손을 기묘하게 놀려 들고 있는 검으로 수많은 선들
을 만들어냈다. 그 선들이 점점 허공중에 모여들어 실드처럼
만들어졌다.

콰직! 콰지지지직!

날아온 랜스들이 오러실드에 충돌하며 거센 파괴음을 만
들어냈다. 그러나 어느 것 하나 실드를 뚫지 못하고 가루가
되어 흩어져 나갔다.

"말에서 떨어뜨려야 한다. 전원 공격!"

기사단장이 먼저 이안을 향해서 말 등을 박차고 뛰어 올랐
다. 그리고 검과 하나가 되어 매섭게 검을 휘둘러 공격했다.
그 뒤를 기사들이 속속 따라하며 이안을 잡기 위해서 필사적
인 공세를 퍼부었다.

"어림없는 수작! 돌아가랏! 브레이브소드 12식 디스트로이
어!"

후아앙! 슈아아아앙!

이안은 그런 기사들의 공세에 맞서 최고의 검식으로 상대
했다. 죽음을 도외시한 채 달려드는 그들의 용기와 충의를 허
투루 대할 수는 없었다.

콰콰콰콰콰콰콰콰콰쾅!

폭음이 연달아 터져 나왔다. 한 명의 기사가 펼쳐내는 필생의 힘이 실린 검세가 이안의 검세와 충돌하며 스러져갔고 그 뒤를 또 다른 기사가 충돌했다.

"으으……."

30명이 넘는 기사가 그렇게 한순간에 죽어나가고 난 후에야 이안의 돌격이 멈춰졌다.

"하아… 하아……."

이안 역시 이 싸움을 위해 많은 힘과 노력을 기울여야 했기에 상당히 지친 모습을 보였다.

"놈이 지쳤다. 조금만 더 몰아쳐라! 공격!"

기사단장마저 죽은 터라 시밀로프 후작이 살아남은 기사들을 독려하며 이안에게 달려들었다.

쉬익! 쎄엑! 쎄에에엑!

수없이 만들어지는 환검의 검세들이 이안을 향해 덮쳐왔다. 가뿐 숨을 몰아 쉰 이안은 시밀로프 후작의 검세에 비릿한 조소를 머금었다.

"그런 검술을 가지고 레이너가를 무시했더냐! 이것이 바로 네놈들이 무시했던 레이너가의 진정한 검술이다! 브레이브소드 9식!"

이안의 검이 강력한 힘을 동반한 채 다섯 줄기의 파도가 되어 시밀로프 후작과 그 기사들을 덮쳐갔다. 마스터의 진정한 오러가 동반되어 펼쳐지는 그 검술 앞에 직면한 시밀로프 후작의 얼굴은 창백하게 질려갔다.

11장

마지막 남았거나라도 하라

　이안의 검세와 충돌하는 시밀로프 후작의 오러스레드는 강력한 그 힘 앞에 여지없이 부서져 나갔다. 오러와 오러스레드의 충돌이 빚어낸 엄청난 반탄력이 시밀로프 후작을 덮쳤고 그 충격에 의해 그는 허공으로 튕겨져 나가야 했다.

　"크허억!"

　쿠웅! 쿠당탕탕!

　말에서 튕겨져 나가며 떨어진 충격으로 온몸의 뼈가 으스러지는 충격에 정신이 아득해졌다. 그리고 보다 더한 충격이 내부에서부터 그를 격통 속으로 몰아넣었다.

취릿!

목에서 느껴지는 차가운 검의 감촉에 겨우 정신을 차릴 후작은 떠지지 않는 눈을 겨우 뜨고 검의 주인을 바라보았다.

"쿨럭! 우웩!"

눈을 뜨자마자 비릿한 핏덩이가 목구멍을 타고 역류했다. 그것을 토해내자 조금은 편안해지는 것에 시밀로프 후작은 이안을 똑바로 볼 수 있는 여력이 생겨났다.

"시밀로프 후작이 나의 손에 잡혔다! 모두 항복하라!"

웅웅거리는 이안의 음성이 전장을 뒤흔들었다. 이미 기사들의 대다수가 이안에 의해서 죽어나간 탓에 남아 있는 지휘관들은 그리 많지 않았다. 특히 별동대가 괴멸되어 버린 탓에 거의 보병만 남은 후작가의 병사들은 그 말에 자리에 주저앉고 말았다.

"하, 항복! 항복하겠소."

"크흑… 살려만 주십시오."

무기를 내버리고 추격해오는 이안의 병사들에게 목숨을 구걸하는 후작가의 병사들은 공포에 떨었다. 한순간에 1만이 넘는 동료들을 도륙하고 하늘같이 높고 강하다 여겼던 후작이 이안에게 사로잡힌 탓이었다.

"어빙 경! 제니스!"

"명을 내려주십시오, 마스터!"

"주군! 제니스 대령했습니다."

두 기사는 이안이 부르자 어느새 기병들을 이끌고 달려왔다. 그들은 쓰러져 있는 참혹한 표정의 시밀로프 후작을 힐끗 쳐다본 후 이안에게 복명했다.

"전장을 수습하시오. 내 직접 후작 성을 취할 것이니."

"명을 받들겠습니다!"

두 사람은 이안이 후작 성을 직접 취할 거라는 말에 당연하다는 반응을 보였다. 그리고 뒤늦게 현장에 도착한 비어홀트 남작이 그들을 뚫고 이안의 앞에 섰다.

"아들아… 수고했다. 하하하! 수고 많이 했어."

격동의 감정으로 떨리는 비어홀트의 눈빛에 이안은 담담하게 미소 짓고 말았다. 어깨를 두드리며 승자가 누릴 수 있는 모든 감정을 유감없이 드러내는 비어홀트 남작은 여전히 피를 게워내는 시밀로프 후작에게 다가갔다.

"보기 좋소이다, 시밀로프 후작 각하!"

여전히 시밀로프는 후작이라는 작위를 지닌 대영주였다. 남작에 불과한 비어홀트 남작이 승자라고는 해도 존대를 해 주는 것이 맞았다.

"크윽… 퉤! 비웃는 게냐? 흐흐흐! 그래, 많이 비웃도록 해라. 지금은 내가 패자이니 무슨 말을 하겠느냐."

피를 내뱉으며 분노를 억누르며 하는 시밀로프 후작의 말에 비어홀트 남작은 이글거리는 눈빛을 흘리며 말했다.

"당신의 가문이 저지른 옛일을 기억하도록 하시오. 지금이라도 목을 쳐버리고 싶은 것을 참고 있으니 감옥에서 그 죄를 후회하기 바라겠소. 끌고 가라!"

"흥!"

시밀로프 후작은 내부가 거의 망가져 마나로드를 회복하려면 족히 일 년은 치료를 해야 할 것이었다. 그것도 정확한 것은 아니어서 평생 폐인으로 살아가야 할지도 몰랐다.

"두고 보아라……. 이 전쟁은 아직 끝난 것이 아니니… 다아크 공작은 무서운 사람이다. 레이너 백작… 너 따위와는 비교도 할 수 없을 정도로 무서운… 크크크큭!"

통증으로 웅얼거리듯이 말하는 그를 보며 이안은 다아크 공작을 떠올렸다.

'무서운 사람이겠지. 그러니 국왕 몰래 젤러스는 빼돌려 사용하는 것일 테고. 하지만 결국 내 손에 죽는 것은 그가 될 것이다, 시밀로프 후작!'

이안은 다짐을 하듯이 생각을 굳히며 다아크 공작에 대한 경계를 다시 한 번 격상시켰다.

둥! 둥! 둥! 둥!

요새에 강하게 울리는 북소리는 적군이 쳐들어 왔음을 알렸다. 이미 척후대의 보고에 의해 헥토르 반군의 공격을 알고 있는 독립여단의 병사들은 세 곳의 진지를 굳게 지키며 강렬한 의지가 실린 눈빛을 뿜어내고 있었다.

"히야! 새까맣게 몰려오네."

"5만이 적은 숫자는 아니지."

"하긴… 5만이라… 크크! 이거 영광이라고 해야 하나?"

맥컬리의 말에 나머지 세 친구의 시선이 일제히 그에게 꽂혔다.

"영광이라니 무슨 뜻이야?"

"무슨 뜻은. 그 대단한 헥토르의 반군이 죄다 우리를 이겨보겠다고 몰려오는 거잖아. 그러니 영광이라면 영광 아니겠냐?"

"아… 딴은 그러네."

아직 이안이 도착하지 않은 시점에서 예상일보다 빠르게 진군해 온 헥토르 반군이었다. 그들은 헬카이드 산맥의 세 방어진지에 병력을 분산배치하며 대치국면으로 들어섰다.

후우우우웅!

기사들도 전부 느낄 수 있는 마나의 진동이 일어나자 네 친구는 서로의 얼굴을 쳐다보며 눈을 동그랗게 떴다.

"설마……."

"이안이겠지."

"가보자!"

네 친구는 적들의 움직임을 관찰하다 말고 일제히 요새의 중앙으로 달렸다. 마나의 유동이 일어난 곳으로 달려간 그들은 워프 마법진이 펼쳐지고 그 틈으로 걸어 나오고 있는 이안과 노예병 4천을 볼 수 있었다.

"이안!"

"후후! 오랜만이야, 들!"

이안은 네 친구의 반가운 얼굴을 보며 손을 흔들어주었다.

"이 자식!"

제일 먼저 맥컬리의 습격이 펼쳐지고 그 뒤를 다른 친구들이 주먹을 쥐고 달려들었다.

타타타타탁!

친구들이 휘두르는 주먹이 고스란히 이안의 손바닥에 막혔다. 단 한 대로 때리지 못한 친구들은 씩씩거리며 울분을 토했지만 그뿐이었다.

"진정하고 적들은 어때?"

"죄다 몰려와서 진치고 있다. 저러고 있을 놈들이 아닌데 저러니 약간 걱정도 되고 그러네."

안드레아가 조용하게 하는 말에 모두가 고개를 끄덕이며 동조했다. 헥토르 후작은 왕국 최고의 마스터였고 그런 그가 이끄는 무리들이 가만히 지켜볼 리 만무했다. 늦은 밤이라도 기습을 할 수도 있는 일이니 각별한 주의가 요구되었다.

"일단 가보자. 무슨 수를 쓰려는지 살펴봐야겠다."

이안이 이곳에 도착한 것은 아직 헥토르도 모르고 있을 것이었다. 그리고 빠져나간 병력이 워프게이트를 통해서 귀환했다는 것도 말이었다.

'이 병력은 숨겨진 한수가 되어줄 것이다. 헥토르는 이들이 없다는 가정하에서 작전을 짤 것이니 그것을 이용해서 크게 한방 먹여야 해.'

이안은 그런 생각을 하며 남서쪽 진지로 내려갔다. 어둠이 짙게 내려앉고 있는 시점이었음에도 적진에 밝혀진 횟불로 인해서 환하게 산맥을 밝히고 있었다.

"와아… 다시 봐도 진짜 장난 아니다."

토리는 아래쪽에 진을 치고 있는 50여 대의 기간트를 보며 혀를 내둘렀다. 샤베른과는 전혀 다른 위용을 자랑하는 젤러스와 체이스 제국에서 들여 온 라페스트까지 합쳐진 기간트 전력은 상상 이상의 위압감으로 다가왔다.

'한 번에 밀고 들어 올 생각인가? 그렇지 않고서야 세 곳 중 저곳에만 기간트 전력을 집중시킬 이유가 없는데.'

마동포가 있다는 것을 감안하면 무척이나 위험한 선택을 헥토르 후작이 하고 있었다.

'아니야… 헥토르의 작전이 무언지 잘 생각해야 한다…….

그가 노리는 것이 무엇일지.'

기간트 전력이 대단하다고는 하지만 이전에도 기간트로 밀어붙이는 작전은 바위산에 막혀서 실패했었다. 특히나 위쪽에서 퍼부어지는 샤베른의 공격에 올라오는 기간트들이 오히려 밀릴 지경이었으니 그걸 모를 헥토르 후작이 아니었다.

'그가 노리는 것은 과연 무엇인가…… 그것이 관건이다!'

이안은 맹렬하게 머리를 굴려 헥토르 그가 노리는 바가 무엇인지 찾기 시작했다.

"어쩌면 여기가 아닐 수도 있다."

"응? 그게 무슨 소리야? 여기가 아니라니."

맥컬리의 물음에 이안은 저것이 허장성세에 불과하다는 것임을 알려주었다.

"헥토르 그가 살 수 있는 방법은 무엇일까? 지금 시점에서 생각해 봐."

"그거야… 설마 마동포?"

"맞아. 그가 노리는 것은 마동포, 정확하게 말하면 강철의 모루 일족을 노리고 있다고 봐야겠지."

"그렇다면 그쪽으로 병력을 보내야 하는 거 아냐?"

강철의 모루 일족을 지키기 위해서 독립여단에 편성된 8천의 병력을 제외하고 나머지 13,000명 중 3천을 그쪽에 배치했었다. 나머지 5천은 영지성을 건축하고 있는 곳에 보냈고 나머지가 요새에 남았다.

"그건 아니야. 일단 그쪽으로 적들이 움직이고 있는지부터 살펴야지. 그리고… 아니다, 이건 나중에 이야기해 주마."

이안은 적들이 강철의 모루 일족을 노리고 간다면 그것도 나쁘지 않다고 생각했다. 자신만이 가지고 있는 비장의 한수, 바로 레이첼의 인공 마나석을 이용한 다채로운 마법진 공격을 가할 수 있기 때문이었다.

"찾아라! 분명 이곳 어딘가에 있을 것이다!"

헥토르 후작은 이끌고 온 기사들에게 무언가를 찾으라고 재촉했다. 이전에 독립여단을 공격하라고 했던 체이스 제국의 부탁을 받았을 때 분명 이곳 어딘가에 헬카이드의 배꼽으로 기간트를 내릴 수 있는 길을 만들었다는 이야기를 들었다. 그것을 찾아 강철의 모루 일족이 있는 마을을 급습하려는 것이었다.

'저들도 이 늦은 시간에 기습을 할 거라고 생각하지 못할 터! 그러니 지금이 적기다. 오늘 도착해서 공격할 준비를 하고 있으니 거기에 정신이 팔려 있을 것이고.'

헥토르 후작은 마동포를 제작할 수 있는 드워프들을 먼저 확보할 생각이었다. 안전장치를 미리 만들어 둔 이후에야 독립여단을 공격하여 지금껏 쌓여 있는 울분을 털어낼 것이었다.

"주군! 찾았습니다!"

"어디에 있느냐! 저쪽으로 2킬로미터 떨어진 낭떠러지에 길이 만들어져 있었습니다."

"그래? 어서 안내하도록 하라!"

"추웅!"

길을 찾아낸 기사가 앞장서서 나아가자 그 뒤를 300여 명에 이르는 1군단 정예 기사들이 앞을 다투어 따랐다.

"저깁니다!"

횃불도 켜지 않은 채 수색에 나섰던 기사들이 몰려 있는 곳에 도착한 헥토르 후작은 기간트가 깎아낸 절벽에 만들어진 계단식 길을 보고 비릿한 미소를 지었다.

"함정 같은 것은 없겠지?"

"예, 주군! 이미 아래까지 수색을 마쳤습니다."

"그런가? 흐흐흐! 바로 작전을 시행할 것이니 모든 기사단은 나를 따르라!"

"추웅!"

기사들은 헥토르 후작의 뒤를 따라 신속하게 아래로 이동했다. 그들이 노리는 곳은 강철의 모루 일족이 모여 있는 곳으로 동북쪽 절벽을 따라 5km 남짓 들어간 곳에 있었다.

징! 징! 징! 징!

다급하게 울리는 마법 수정구에 이안은 드워프 지역으로 출발하려고 하던 것을 멈추고 얼른 수정구에 마나를 주입했다.

―마스터! 서남쪽 지역에 적이 침입했어요.

"뭐? 서남쪽? 이런!"

―숫자도 꽤 많아요. 300명은 넘는 거 같아요.

아레나의 다급한 보고에 이안은 이를 갈았다. 오자마자 전격적으로 강철의 모루 일족을 노릴 거라고는 생각하지 못했던 자신의 실책이었다.

'기사 200명에 마스터인 헥토르 후작까지 있다면… 드워프 마을이 뚫릴 가능성이 크다!'

병사가 3천 명이 주둔하고 있고 드워프 전사들이 아무리 용맹하다고 해도 기사 300명이라는 숫자는 상상 이상의 전력이었다. 특히 마스터 혼자서도 능히 병사 천 명은 죽일 수 있는 것이니 서둘러 그곳으로 가야 했다.

"헥토르가 드워프 마을로 접근하고 있다."

이안의 말에 친구들의 안색이 어두워졌다. 마동포와 샤베른으로 지키고는 있어도 헥토르 후작이 혼자 움직일 리 없었고 기사 전력이 빈약한 독립여단으로서는 꽤나 큰 피해를 감수해야 할 판이었다.

"어떻게 할 생각이냐."

"내가 직접 간다."

"너 혼자?"

"그곳의 병력과 드워프 전사들이 힘을 합치면 충분히 막아 낼 수 있어. 그러니 너희들은 이곳을 지켜라!"

"아, 알았다."

이미 이안은 궤도차가 있는 동굴로 달려가고 있었다. 뒤늦게 따라가 봐야 요새의 수비만 구멍이 뚫릴 뿐이었기에 친구들은 어깨만 으쓱거리며 남아야 했다.

타타타타타타탓!

궤도차에서 뛰어내린 이안은 미친 듯이 마나를 퍼부어가며 달렸다. 궤도차의 빠른 이동이 아니었다면 초조함으로 인해서 이성적인 판단을 하지 못할 지경이었다.

챙! 채챙! 콰아아앙!

멀리서 들려오는 병장기 부딪히는 소리와 마동포의 발포 소리가 헥토르의 기사들이 드워프 마을을 공격하고 있음을 알게 해주었다.

'벌써 공격이 시작되다니……'

뚫리면 절대 안 되는 상황이었다. 드워프 일족이 다치게 되면 영지성을 건설하기 위해서 절반에 가까운 드워프들이 빠져나간 책임을 어찌 감당한다는 말인가.

'조금만 버텨라……. 조금만 더!'

이안은 이를 앙다물고 달렸다. 조금이라도 더 빨리 도착하기 위해서 드워프 마을의 근처에 접근하자 블링크 마법을 펼치며 순식간에 이동하는 수단까지 동원했다.

"쓸어버려라! 공격!"

"차앗! 감히 주군께 배신한 무리들을 가만히 둘까 보냐!"

노예병들은 모두 헥토르의 지휘를 받으며 그를 따랐던 병사들이었다. 그런 탓에 제대로 공격하지 못하고 방어만 하느라 정신이 없었다.

"감히 드워프 일족의 신성한 대지를 더럽히다니… 용서하지 않겠다!"

투투투투투투투투퉁!

연속 발사가 가능한 드워프 무기인 연발석궁이 무섭게 쿼렐을 날렸다. 드워프 마을로 들어가기 위해서는 동굴을 뚫고 들어가야 하는데 그것을 막고 있는 드워프 전사들이 일제히 연발석궁을 날리며 저항했다.

티캉! 티티티캉!

방패에 와서 박히는 쿼렐의 강력한 힘 앞에 기사들은 이를 갈아붙이며 뒤로 물러서야 했다.

"물러서지 마라! 반드시 뚫어야 한다!"

"추웅!"

기사들은 복명을 기합처럼 터뜨리며 더욱 힘을 내서 앞으로 전진해 나갔다. 쓰러진 아군의 시체마저 방패처럼 사용하며 전진하는 것에 결국 드워프 마을의 입구까지 접근을 허용해야 했다.

후웅! 스팟!

공중에서 모습을 드러낸 이안은 그런 적들이 드워프 전사들과 근접 충돌을 하려고 하는 시점에 등장했다.

"플레임 스트라이크!"

후앙! 화르르륵! 콰아앙!

이안은 떨어져 내리며 적들을 향해서 플레임 스트라이크 마법을 시전했다. 6클래스의 광범위 마법으로 수십 개의 화염 덩어리가 쏘아져 강렬한 폭발을 일으키는 것이었다.

"크학!"

"으아아… 뜨거!"

기사들은 비명을 지르며 화염에 휩쓸려 죽어갔다. 한 번의 마법으로 수십 명의 기사를 도륙한 이안은 화염이 휩쓸고 있는 곳으로 내려섰다.

후웅! 지이잉!

오러의 막이 둘러지고 드워프 일족과 기사들의 중간에 선 이안은 검을 뽑아들고 적들을 향해 외쳤다.

"더 이상의 접근은 용납하지 않는다!"

이안의 외침에 잠자코 뒤에서 기사들의 공격을 지켜보던 헥토르 후작이 나섰다.

"레이너 대위로군."

여전히 헥토르는 이안을 대위라 칭하면서 초임 백인장으로 여기는 듯한 말투였다.

"오랜만이다, 반역자 헥토르!"

이안은 자신을 대위라 칭하는 헥토르에게 반말로 신경을 긁었다.

"크큭! 역시 그때 죽였어야 했나?"

헥토르는 마나석 잠채가 들통났을 때 이안을 죽여 그 입을 막을까 생각했었다. 그때 이안을 죽였다면 이렇게 패배자의 모습으로 모욕을 당하지 않아도 됐을 것이었다.

"그러게. 진즉 죽이지 그랬어. 후환은 싹을 제거하지 않으면 꼭 그게 비수가 되어 돌아오더라고."

이안은 싹수없는 젊은이의 말투를 사용하며 대답했다. 굳이 자신을 존중해 주지 않는 적에게 말을 높여가며 신경 쓰고 싶지 않았기에 하는 말투였다.

"나머지 잔당을 정리하라. 저놈은 내가 직접 베겠다!"

"주, 주군!"

"명령이다!"

"충!"

기사들은 직접 이안과 겨루겠다는 헥토르의 말에 만류하려고 했다. 소문으로 이안이 마스터의 반열에 오른 마검사였고 그 실력은 중급의 마스터를 패배시켰다고 전해졌었다. 헥토르 후작의 실력 역시 중급의 마스터이니 패배할 수도 있다는 생각에 막으려 한 거였다. 그러나 그들의 주군은 강한 투기를 뿜어내며 명령이라 외치고 있었다.

"가잣!"

기사들을 이끄는 고위 장교들은 서둘러 접전을 벌이고 있는 노예병들을 정리하기 위해서 움직였다.

스륵!

헥토르 후작은 키가 기사들 중에서는 제법 작은 축에 들어갔다. 근육의 양도 그레이트 소드를 사용하는 기사들에 비해서 적었고 상당히 아담한 크기라고 해야 할 것이었다.

"왜 나를 막았나?"

헥토르가 싸우기 전에 이안의 대답을 듣고 싶었는지 그리 물었다. 만에 하나라도 이안이 지금의 실력을 갖춘 뒤 자신에게 의탁했다면 일인지하 만인지상의 자리도 내어줬을 것이었다.

"별 거 없어. 반역을 하든 말든 상관은 없었지만 굳이 체이스 제국놈들과 손을 잡은 것은 용납하지 못하겠더라고."

"큭… 그놈의 체이스 제국……."

평생을 기사로서 또 군인으로서 체이스 제국과 싸워왔던 자신이었다. 그러나 어느 순간 국왕과 나라가 자신의 목을 죄며 모든 것을 내놓으라고 요구했다. 물론 국왕이 올바로 된 인간이고 성군이라 칭해지는 이였다면 그 모든 것을 수용할 수도 있었다.

'그 머저리 같은 욕심덩어리를 믿을 수 없었지.'

헥토르는 국왕을 믿을 수 없었고 그 밑에서 락토르의 국력을 갉아먹는 다아크 공작은 더 믿기 어려웠다. 그래서 제대로 된 세상을 자신의 손으로 만들어 보겠다는 일념으로 반란을 꿈꿨던 것이다. 물론 그러기 위해서 주적이라고 여겼던 체이스의 손을 빌린 것은 어쩔 수 없는 선택이었다.

'내가 새로운 나라를 건설했다면… 그때는 다시 체이스 제국과 싸웠을 것이다. 그것이 내가 이루려고 했던 나라였으니…….'

그런 믿음으로 모든 것을 행했지만 저 어린 초임 장교가 자신의 앞을 가로막았다. 그리고 엄청난 기세로 성장하여 이제는 자신과 어깨를 나란히 할 정도로 커져 버린 후였다.

"레이너 대위도 알 것이다. 그 락토르 국왕이 얼마나 무능하고 욕심만 많은 인간인지. 그리고 다아크 공작 역시 마찬가지지."

"아아! 그건 나도 알아. 그래서 나도 그들을 두고 보지는 않을 거야."

"응? 설마 대위도 혁명을 꿈꾸고 있었다는 말인가?"

듣고 있는 이가 아무도 없어서 이안은 자신의 흉중에 있는 이야기를 꺼내놓을 수 있었다. 물론 헥토르가 그런 말을 다른 이들에게 한다고 해도 그 누구도 그의 말을 믿어주지 않을 것이기에 가능한 대화였다.

"이곳에 오기 전에 시밀로프 후작을 제거했다. 아마 반군과의 전투가 끝나면 다아크 공작과도 싸워야겠지. 그때는 국왕도 나를 제거하려고 할 것이고. 아마 그렇게 될 거야. 후후후!"

이안의 말에 헥토르는 고개를 끄덕였다. 지금이야 이안이 마동포를 손에 쥐고 왕국에 보탬이 되기에 국왕도 눈을 감아주는 것뿐이다. 그가 아는 국왕은 영웅이라는 소리를 듣는 인사를 싫어했고 암중에 제거하려고 하는 인사였다.

"국왕을 조심하게. 그자는 영웅이 살아 있는 걸 좋아하지 않거든."

"후후! 충고 고맙군."

이안도 익히 짐작하고 있는 바였다. 국왕은 자신보다 백성들의 칭송을 듣는 이를 경계하고 또 경계했다. 그 결과가 헥토르의 반란으로 터져 나온 것임을 말이었다.

"아참… 이것도 말 해주어야 하겠군."

헥토르의 말에 이안은 눈을 빛냈다. 자신과는 다르게 수십 년은 전장에서 구르며 왕국의 방패로 살아 온 헥토르 후작이었다. 그런 그가 해주는 말이라면 그 어떤 정보든지 귀중한 것일 터였다.

"로크 제국의 크리스토퍼 대공을 주시하게. 그가 이 나라를 집어삼키려고 움직이고 있으니 말이야."

"왜 그런 이야기를 해주는 거지?"

이안은 락토르 왕국이 그렇게 믿고 있는 우방국 로크 제국을 경계해야 한다는 헥토르 후작의 말에 의아함이 앞섰다.

"둘 중에 살아남은 이가 그를 막아야 하기 때문이다. 나는 이 나라를 증오하면서도 그 누구보다 사랑한다. 이것이 내가 이 이야기를 해주는 이유라면 답이 되겠느냐?"

"으음… 충분히."

이안은 헥토르가 이 나라 락토르를 진정으로 걱정하는 사람이었음을 조금은 느낄 수 있었다. 그러나 마음으로는 느껴도 머리로는 인정할 수 없었다. 이렇게 반란을 일으키지 않고도 얼마든지 방법이 있었기 때문이었다.

"좋군. 그럼 결착을 내야겠지?"

"아마도."

이미 드워프 전사들의 도움을 받은 노예병들이 기사들과

치열한 접전을 벌이고 있는 상황이었다. 그런 와중에 이렇게 이야기를 하고 있는 것은 사치에 가까웠다. 한 사람이라도 더 살리려면 자신이 헥토르를 베어야 하기 때문이었다.

"오랏!"

강렬한 투기를 발산하며 헥토르 후작이 검을 겨눴다. 손가락을 까닥이며 먼저 공격하라고 신호하는 그를 보며 이안은 긴장을 풀며 롱소드를 겨눴다.

"그럼 사양하지 않고 먼저 가지. 브레이브소드!"

이안의 신형이 급격하게 튕기듯이 앞으로 쏘아져 나가며 세줄기의 검세를 헥토르 후작에게 펼쳐냈다. 기기묘묘하게 움직이는 검세는 공간을 가득 메우며 헥토르 후작의 빈틈을 노리며 파고들었다.

"멋지군! 블루스톰!"

후앙! 슈슈슈슈슛!

헥토르 후작은 이안의 공격에 둥글게 원을 그리며 검을 쳐낸 후 곧장 찌르기 공격으로 응수했다. 허공에 뻗어 나오는 그의 검이 수십 개의 환영을 만들어 내며 이안의 검세와 충돌을 일으켰다.

카앙! 카카카카캉!

허공 중에서 부딪히는 오러와 오러가 강한 충격음을 만들어내며 거센 후폭풍을 사방으로 흩뿌렸다.

"이것도 막아보라고!"

이안은 자신의 검세를 훌륭하게 막아낸 헥토르 후작을 향해 다시 한 번 검술을 펼쳐냈다. 강한 힘을 바탕으로 환검술의 묘용이 적절히 깃든 검술로 인해 공간이 가득 메워지며 허초와 실초의 구분이 되지 않는 공격이 밀려갔다.

파팟! 쉬이익!

헥토르 후작은 이안의 공세를 피하기 위해 옆으로 움직이며 검세의 흐름을 끊기 위해 툭툭 오러뷰렛을 날렸다.

티캉! 카카카캉!

오러뷰렛이 날아들자 이안은 검세를 시전하여 막아내고 다시 빠르게 짓쳐나가며 거리를 좁혔다.

'슬로터와는 또 다른 실력을 지녔다!'

이안은 헥토르 후작의 실력이 슬로터 백작을 훨씬 능가한다는 것을 실감했다.

"크크크! 역시 대단해. 정말이지 자네 나이에 이런 실력이라니 말이야."

헥토르 후작은 계속해서 신형을 움직여 이안의 공세를 빠져나가며 말했다. 검술의 완성도는 이안의 브레이브소드가 더 뛰어났지만 마스터로서의 육체적인 능력은 헥토르 후작이 훨씬 윗줄이기에 가능한 것이었다.

"이렇게 되면 어쩔 수 없지. 바인딩! 바인딩!"

후웅! 츠츠츠츠측!

이안은 별 수 없이 한손으로 검술을 펼치며 다른 한손으로 수인을 맺어가며 마법을 사용했다. 비록 마스터인 헥토르 후작을 잡을 수는 없는 하급마법이지만 충분히 신경을 건드릴 수는 있을 것이었다.

"이크! 제법이야!"

헥토르 후작은 발밑에서 튀어나온 마법의 힘이 발목을 잡자 살짝 놀라며 마나를 동원하여 마법을 해소시켰다.

"제법은 아직 멀었지!"

이안은 헥토르 후작이 발목을 휘감은 바인딩 마법을 해소하기 위해 사용한 그 짧은 순간에 바짝 따라잡으며 강력한 한방을 준비했다.

"주이이인! 큰일이다! 주이인!"

강력한 한방을 날리려고 하는 그때 멀리서 들려온 에일리의 음성은 이안의 공격을 멈추게 하기에 충분했다.

"크큭! 저건 또 뭐지?"

헥토르의 물음에 이안은 뒤로 물러나 거리를 벌리며 수비 자세로 변환했다.

타타탁! 휘리릭!

바위와 바위를 건너 뛰며 달려 온 에일리는 주인과 싸우고 있는 듯한 헥토르 후작에게 적의를 드러냈다.

"괜찮다. 무슨 일인데 큰일이라고 하는 거냐, 에일리!"

"우웅… 주인 그게… 나쁜 놈들이 쳐들어 오고 있다고 아레나가 전해달랬다."

"뭐? 그게 무슨 말이야? 여기 이들 말고 또 다른 놈들이 쳐들어 왔다는 거냐?"

"웅! 동남쪽에서 강한 기운을 지닌 인간들이 들어왔다고 전해달랬다."

이안은 그 말에 정신이 번쩍 들었다. 그리고 헥토르 후작이 말했던 로크 제국의 크리스토퍼 대공을 조심하라고 했던 그 말이 떠올랐다.

"크크크! 이제 어쩔 생각인가? 내 말대로 크리스토퍼 대공이 움직인 모양인데 말이야."

로크 제국의 크리스토퍼 대공이라는 자도 이안의 독립여단과 헥토르의 반군이 정면 충돌하는 것을 알고 있을 것이었다. 그리고 그 시점을 노려서 마동포와 그것을 제작할 수 있는 강철의 모루 일족을 가져갈 생각으로 대거 침공해 들어왔다는 것이 이안이 내린 결론이었다.

"제길……."

"크하하하! 내 아무리 반역자라고 해도 매국노는 아니다. 오늘은 여기까지 하고 물러나도록 하지. 잘 해보라고! 크하하하하!"

헥토르 후작은 이안과 결착을 짓는 것보다 크리스토퍼 대공이 보낸 적들과 싸우도록 놔두는 것을 선택했다. 둘 중에 누가 이기든 크게 상할 것은 분명하고 그때는 더 쉬워진 적과 자신이 싸우면 된다는 계산이었다.

"으득! 고맙군. 하지만 기뻐하지는 말라고… 내가 반드시 이길 테니까 말이야."

"흐흐! 기대하지. 그럼 또 보지."

헥토르 후작은 그렇게 말을 남기고 노예병들과 싸우고 있는 기사들에게 퇴각 명령을 내렸다. 그들이 썰물 빠지듯이 물러가는 것을 본 이안은 남동쪽으로 눈을 돌리며 이를 갈아붙였다.

"내가 그리 쉬운 상대가 아니라는 것을 똑똑히 각인시켜주마. 오너라 로크 제국이여!"

이안의 강렬한 투기가 헬카이드의 배꼽을 잠식시키며 퍼져 나갔다. 그리고 어떤 힘을 갖추고 있는지 모를 적들이 몬스터들의 대지를 지나 빠르게 접근해 오고 있었다.

『이안 레이너』6권에 계속…

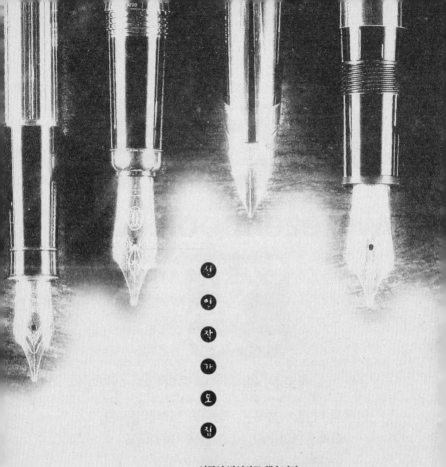

용병귀환

유왕 판타지 장편 소설

**수십 년 전, 용병왕의 등장으로 생겨난
왕국과 용병의 세계.
평소엔 한없이 가볍지만 화나면 누구보다 무서운,
놀고먹고 싶은 그가 돌아왔다!**

하지만 바람과는 달리 과거 그의 앙숙과 대륙의 판도는
도저히 그를 놓아주질 않는데……

"용병은 그냥, 돈 받고 칼을 빌려주는 놈들이니까."

그의 용병 철학은 단순했다.

"물론, 누구에게 빌려주느냐가 문제겠지?"

도시의 주인

말리브 장편 소설
FUSION FANTASTIC STORY

말리브 작가의 신작 현대 판타지!

죽기 위해 오른 히말라야.
그러나, 죽음의 끝에 기연을 만나다!

『도시의 주인』

다시 한 번 주어진 운명.
이제까지의 과거는 없다!

소중한 이를 위해! 정의를 외친다!